H. G. Wells

Le joueur de croquet

Traduit de l'anglais
par Marie Tadié

PRIX DE L'ATHÉNÉE

FERNAND BLUM -

ANNÉE SCOLAIRE : 1991-92 (+ 90%)

CLASSE : 1B

Gallimard

Titre original :

THE CROQUET PLAYER

© *Éditions Gallimard, 1938, pour la traduction française.*
© *Éditions Gallimard, 1988, pour la nouvelle traduction.*

Herbert George Wells est né en 1866, d'une famille modeste du Kent. A dix-huit ans, il entreprend grâce à une bourse des études scientifiques au Royal College of Science de South Kensington. Il a comme professeur Thomas Huxley, célèbre naturaliste ami de Darwin, partisan de la théorie de l'évolution. Toute l'œuvre de Wells en sera fortement imprégnée. Il évoluera ensuite vers le socialisme et la littérature engagée.

Son œuvre littéraire peut se diviser en trois genres. Journaliste à ses débuts, il rédige les premiers articles de vulgarisation sur la quatrième dimension, et c'est alors qu'éclate son génie de la fiction. Il écrit successivement *La visite merveilleuse* (1895), *La machine à explorer le temps* (1895), *L'île du docteur Moreau* (1896), *L'homme invisible* (1897), *La guerre des mondes* (1898), *Les premiers hommes dans la Lune* (1901), *La guerre dans les airs* (1908).

Puis son œuvre bifurque, alliant l'humour à des préoccupations sociales. Avec ses héros Mister Polly et Kipps, il renoue avec Dickens et la tradition *cockney*.

Enfin, dès 1910, il se lance dans une littérature engagée et didactique, délivrant à l'humanité un message d'optimisme. Mais la Seconde Guerre mondiale vient briser cette espérance, et la mort surprend en 1946 un homme profondément désabusé et pessimiste.

Pour Mouna

1

Le joueur de croquet

Je viens de parler à deux ou trois indivi-
dus très bizarres, qui ont jeté un trouble
étrange dans mon esprit. Il est à peine
exagéré de dire qu'ils m'ont imprégné
d'idées très particulières qui m'ont
angoissé. Je me propose d'écrire ce qu'ils
m'ont dit, d'abord pour moi, pour
m'éclaircir les idées. Ils ont tenu des propos fantastiques et déraisonnables, mais
je serai plus sûr de moi si je les couche sur
le papier. De plus, je veux donner à mon
histoire une forme qui permettra à un ou
deux lecteurs sympathiques de me confir-
mer que les affirmations de ces deux
hommes relèvent de l'imagination pure.

C'est une sorte d'histoire de fantômes

qu'ils ont déroulée devant moi ; mais pas une histoire ordinaire de fantômes ; c'est beaucoup plus réaliste, obsédant et troublant que cela. Ce n'est pas l'histoire d'une maison ou d'un cimetière hanté, ni un récit aussi localisé. Le fantôme dont ils m'ont parlé était beaucoup plus important que cela ; il s'agissait de la hantise d'une région entière, de quelque chose qui commençait comme une inquiétude, devenait une peur et qui se transformait peu à peu en présence diffuse. Et qui continuait de se développer — en étendue, en force et en intensité — jusqu'à devenir une terreur continuelle, qui obscurcissait tout. Je n'aime pas ce fantôme qui grandit et s'étend, même s'il le fait seulement en esprit. Mais mieux vaut commencer par le commencement et raconter cette histoire dans la mesure où j'en suis capable, et la manière dont j'en fus informé.

D'abord, je dois parler un peu de moi. Je préférerais naturellement ne pas le faire, mais je doute que vous réalisiez ma situation sans cela. Je suis probablement l'un des meilleurs joueurs de croquet vivants, et n'ai aucune honte à l'affirmer. Je suis aussi un tireur à l'arc de premier ordre. On ne peut être l'un ou l'autre sans une discipline et un équilibre considérables. Beaucoup de gens, je le sais, me jugent un peu efféminé et ridicule parce que je joue au croquet; ils le disent derrière mon dos et parfois devant moi; j'admets qu'à certains moments je suis enclin à être de leur avis. Mais, d'autre part, bon nombre de gens semblent m'aimer; tous m'appellent affectueusement Georgie et, dans l'ensemble, je suis tenté de me trouver sympathique. Il faut de tout pour faire un monde et je ne vois pas l'intérêt de prétendre être comme les autres lorsqu'on ne l'est pas. Sous un certain angle, je suis certes un tendre, mais quand même, je peux garder la tête froide, maîtriser mon humeur au croquet, et forcer une boule en bois à se comporter comme un animal dressé. Même au tennis, les joueurs les plus violents peuvent, en face de moi, perdre leur sang-froid et avoir l'air ridicule. Et je sais faire des tours de prestidigitation pour lesquels il faut certainement des nerfs d'acier et une complète maîtrise de soi, aussi bien que la plupart des professionnels.

En fait, beaucoup de ces formidables sportifs, détenteurs de records, joueurs et autres, me ressemblent beaucoup plus qu'ils n'aiment le penser. Il y a une grande part de chiqué dans leur prétention à l'aspect hirsute et à la virilité. Au fond, ils sont aussi pusillanimes que moi. Ils ont choisi de s'enfermer dans les jeux. Je suppose que le cricket, le hockey et ainsi de suite, sont plus belliqueux que mon genre de sport, l'aviation et l'automobile plus meurtriers et le jeu plus irritant, mais je ne vois pas qu'il y ait plus de réalité dans ce qu'ils font que dans ce que je fais. Le risque n'est pas la réalité. Ils sont joueurs, tout comme moi. Ils sont enfermés, comme moi, dans le même agréable cercle d'activités innocentes et profitables.

J'admets avoir eu une vie exceptionnellement calme. J'ai manqué à deux ans près l'expérience de la Grande Guerre, et ma vie a toujours été extrêmement protégée et confortable. J'ai été élevé par ma tante paternelle, Miss Frobisher, *la* Miss Frobisher du Procès de la Chapelle Barton et du Mouvement humanitaire universel féminin, et ce n'est que lentement que j'ai compris que mon éducation a été — si je peux me montrer paradoxal — extraordinairement banale. L'existence que j'ai menée a consisté surtout en actions négatives et en fuites. On m'a formé à rester calme et poli et à ne pas réagir d'une manière agitée devant les surprises. Et, par-dessus tout, à ne considérer sérieusement que les choses quotidiennes honnêtes.

Ma tante m'a élevé depuis l'âge de trois ans, lors du divorce de mes parents et elle n'a jamais cessé de s'occuper de moi. C'est une femme qui, pour parler franchement, éprouve une hostilité naturelle envers la sexualité, et l'inconduite de mes parents — en un temps où les journaux publiaient des rapports complets sur les procès en divorce — et certains détails de leur affaire la scandalisèrent profondément. Quand j'étais écolier à Harton, elle loua une maison proche pour m'inscrire comme externe, et fit à peu près la même chose pendant mon séjour à Keble. Peut-être suis-je naturellement enclin à être ce que les Américains nomment une poule mouillée, tendance qui a été favorisée par ces circonstances.

J'ai des mains douces et une volonté inefficace. Je préfère ne pas prendre de décisions importantes. Ma tante m'a habitué à être toujours avec elle et, par ses manifestations et déclarations, dans toutes les circonstances possibles, d'une immense passion maternelle pour moi, elle m'a — je le sais clairement — rendu égoïste et dépendant. Je ne l'en blâme pas beaucoup, d'ailleurs, et je ne lui en tiens pas rigueur. C'est notre nature à tous deux. Elle a toujours été riche et libre de faire ce qu'elle voulait, non seulement d'elle-même, mais des autres et je me suis toujours senti à l'aise et protégé. Jusqu'ici, nos vies ont été faciles. Comme la plupart des gens bien nés et nantis, nous trouvions normal d'avoir des inférieurs, des domestiques, et que le monde se comportât généralement bien à notre égard. Je suppose qu'il y a encore des centaines de milliers de gens dans l'univers aussi sûrs que nous le sommes de la facilité de la vie, et qui jugent cela tout naturel.

« Qu'allons-nous faire ? » demandons-nous. « Où allons-nous partir ? » Personne ne nous contraint. Nous sommes la crème flottante de l'humanité.

Nous possédons une maison dans Upper Beamish Street, une modeste demeure dans le Hampshire, et nous voyageons beaucoup. Certes, ce n'est un secret pour personne que ma tante est très fantasque

— je ne veux pas dire fantasque dans un sens désagréable — et nous sommes parfois passionnés par ce Mouvement humanitaire sans avoir jamais exactement compris ses objectifs ; nous voyageons dans le monde entier pour lui — dans la mesure, naturellement, où les chambres ont des salles de bains, selon le désir formel de ma tante — pour « établir des contacts », en général jusqu'à ce que survienne une difficulté à l'élection du comité ou autre fonction et que ma tante en soit dégoûtée ; alors, pendant un an ou plus nous laissons tomber le Mouvement humanitaire universel féminin et allons donner des coups de maillets sur les pelouses avec les champions de croquet ou gagner des trophées au tir à l'arc. Nous sommes extraordinairement bons à l'arc guerrier, et Wildmerdings a fait le portrait de ma tante en Diane. Mais nous sommes particulièrement doués pour le croquet. Si nous ne reculions pas devant la publicité et la vulgarité de la chose, nous pourrions certainement devenir champions. Nous jouons bien aussi au tennis ; notre golf pourrait être pire, mais la critique populaire du tennis a été portée à un tel niveau que nous ne tenons pas à ce que l'on nous voie jouer, et nous pensons que le golf nous mêlerait à toutes sortes de gens. Parfois, nous nous contentons de reprendre des forces. C'est ce que nous avons fait dernièrement, aux Noupets, après une conférence assez décourageante du Mouvement humanitaire universel féminin, à Chicago. (Moins on en dit sur ces délégués américains, mieux cela vaut, mais ma tante a été pleinement à leur hauteur.)

Je crois que ces explications sur moi et mon cadre de vie sont largement suffisantes. Les deux clubs sur gazon des Noupets sont excellents et nous avons trouvé une admirable secrétaire-dactylo pour s'occuper de l'importante correspondance de ma tante pour le Mouvement et particulièrement son procès en diffamation contre Mrs Glyco-Harriman ; elle prenait les notes en sténo, les tapait l'après-midi et les apportait pour révision après le thé. Il y avait un ou deux groupes de gens assez agréables, avec lesquels il était possible d'avoir de petites conversations anodines. Nous jouions au croquet une heure avant le déjeuner et parfois dans l'après-midi jusqu'au dîner, à vingt heures. Nous ne jouons jamais au bridge avant le dîner : c'est une règle inflexible. Aussi avais-je des loisirs pendant qu'elle écrivait ce qui aurait été, si on ne l'avait provoquée, des lettres très injurieuses et sarcastiques ; je consacrais ce temps à escalader la colline jusqu'à la source thermale de Perona, où je prenais les eaux, plutôt par amusement que pour ma santé, puis je m'asseyais, dans un état d'oisiveté totale, sur la terrasse de l'établissement thermal en buvant des boissons rafraîchissantes pour supprimer le goût d'encre de la source. Ma tante a un penchant pour les boissons non alcoolisées mais, ces dernières années, j'ai trouvé que l'exercice discret de mon jugement personnel sur ces questions était non seulement permis, mais meilleur pour nous deux. Je veux dire que je suis devenu un compagnon plus joyeux.

Je crois que tout cela me situe assez bien, et maintenant, avec votre permission, je vais me mettre pour ainsi dire à l'arrière-plan — « au-delà du champ » est peut-être un terme plus approprié — et vous parler du premier de ces deux hommes étranges que j'ai rencontrés sur la terrasse du Perona.

2

La peur plane
sur Cainsmarsh

C'est lorsque je me prélassais au soleil, sur la terrasse, en grignotant une brioche et un innocent Vermouth à l'eau de Seltz que je vis pour la première fois le docteur Finchatton. Il se trouvait à deux tables de moi et luttait presque violemment avec un certain nombre de livres qu'il avait pris au salon de thé-bibliothèque de prêt : il les ouvrait les uns après les autres, lisait quelques pages qu'il tournait en marmonnant et les jetait bruyamment sur le sol avec une force qui aurait navré les bibliothécaires. Il leva les yeux et surprit mon regard réprobateur. Il me fixa et sourit :

« Des vingtaines, des centaines de

livres... et pas un qui vaille la peine d'être lu ! Ils sont tous... *loin* du sujet. »

Je fus amusé par ce que son dégoût avait de comique et d'irrationnel. « Alors pourquoi les lisez-vous ? demandai-je. La lecture encombre la mémoire et empêche de penser.

— Exactement ce que je veux faire. Je suis venu ici pour cesser de penser — oublier. Et c'est impossible. » Sa voix, qui était claire et distincte au début de notre conversation, s'éleva avec une nuance de colère. « Certains de ces livres sont ennuyeux, d'autres irritants. Il y en a même qui me rappellent ce que j'essaie d'oublier. »

Passant par-dessus son tas d'ouvrages condamnés, il vint, verre et carafe en mains, et sans invitation de ma part, s'asseoir à côté de moi. Il me regardait intensément d'un air à la fois amical et légèrement critique. Je sais que mon visage est... « angélique » pour un homme de trente-trois ans, et il était évident qu'il

l'appréciait. « Pensez-vous souvent, vous ?
me demanda-t-il.

— Oui, assez. Je fais les mots croisés
du *Times* presque tous les jours. Je joue
beaucoup aux échecs — surtout par correspondance. Et je ne suis pas mauvais au
bridge.

— Je veux dire vraiment penser. A des
choses qui vous poursuivent, vous inquiè-
tent et sont inexplicables.

— Je ne permets pas aux choses de
m'inquiéter.

— Etes-vous, par hasard, intéressé par
les fantômes et les endroits hantés ?

— Je suis neutre. Je ne crois pas aux
fantômes, mais je ne *nie* pas leur existence. Comprenez-moi. Je n'en ai jamais
vu. Je crois qu'il y a beaucoup à dire au
sujet du spiritisme, vraiment beaucoup,
malgré de nombreuses impostures. L'im-
mortalité, je pense, a été maintenant
prouvée par ce genre de chose, et c'est
très bien. Ma tante, Miss Forbisher, par-
tage cette opinion. Mais je suis persuadé

que les séances de tables tournantes, coffres et autres sont des tâches de spécialistes.

— Mais supposez que vous découvriez que vous êtes entouré de fantômes ?

— Ça ne m'est jamais arrivé.

— Il n'y a rien — ici, par exemple — qui vous inquiète ?

— Où ? demandai-je.

— *Ici*, dit-il en désignant d'un geste la mer calme et le ciel innocent.

— Pourquoi y aurait-il quelque chose d'inquiétant ?

— Mais *est-ce* le cas ?

— Non.

— J'envie votre insensibilité — ou votre flegme. » Il vida son verre et commanda un autre demi-litre de vin. Par ignorance ou préférence, il buvait du vin rouge ordinaire. « *Vous* ne sentez pas qu'il y a quelque chose ? Aucun danger ?

— Je n'ai jamais vu de paysage plus apaisant. Pas un nuage.

— Ce n'est pas mon avis... J'ai eu certaines expériences troublantes. J'en suis encore traumatisé. Curieux ! Vous ne sentez rien ! Peut-être est-ce seulement le contrecoup de ce qui s'est passé.

— Qu'est-ce qui *s'est passé* ? Et à quel contrecoup faites-vous allusion ?

— J'aimerais vous le dire. C'est une assez longue histoire, vous savez.

— Allez-y », répondis-je.

Et, après ces propos liminaires, il commença son récit. Au début, il était plutôt décousu, mais il s'y mit. Il ne me parla pas comme s'il désirait particulièrement le faire, mais comme s'il souhaitait vivement se confier à quelqu'un et se rendre compte de l'effet produit. Je l'interrompis très peu.

Peut-être était-ce indiscret de ma part d'être son premier confident. Evidemment, il était bizarre d'une certaine façon — j'aurais dû me rappeler que la grande maison qui dominait la ville était, disait-on, une « clinique » pour malades mentaux, une institution de psychothérapie comme on dit maintenant et j'aurais dû, si j'avais été prudent, prendre le large sous un prétexte quelconque avant le début de son récit.

Cependant, il n'y avait rien, en lui, qui m'incitât à m'éloigner ; rien d'excentrique dans son attitude ni dans son aspect général. Il avait l'air fatigué d'un homme qui dort mal, il avait des cernes sous les yeux, mais à part cela il semblait tout à fait normal. Il était sobrement vêtu de gris comme tout gentleman anglais, avec une chemise de couleur et une cravate discrète. Elle était un peu de travers, mais ce n'était rien. Des quantités d'hommes ne mettent jamais leur cravate droite — bien que je ne comprenne pas comment ils peuvent le supporter : c'est si facile d'avoir une cravate rectiligne. Il était nettement mince et assez beau avec ce que l'on qualifierait je suppose de bouche sensible sous une courte moustache. La plupart du temps, il se penchait en avant, les bras croisés sur sa poitrine, tout à fait comme un chat croise ses pattes. Il s'exprimait peut-être avec un peu d'emphase, mais avait l'air attentif à se maîtriser. Et comme je disposais d'une heure ou plus avant de redescendre aux Noupets, je le laissai continuer à parler sans essayer de l'interrompre ou d'intervenir.

« D'abord, au début, dit-il, j'ai cru que c'étaient les marais.

— Quels marais ?

— Cainsmarsh. Vous avez entendu ce nom ? »

J'étais assez bon en géographie, à l'école, mais je ne pus me rappeler ce nom, sans vouloir admettre immédiatement mon ignorance. Il me semblait familier. « Marsh » avait l'air d'un indice. De vagues images de paysages marécageux, d'étendues d'eau, de ciel bas, de chaume noir et humide, de vieilles péniches amarrées et de bourdonnements de moustiques me traversèrent l'esprit.

« Région de malaria et de rhumatismes », dit-il, confirmant mon impression. « J'y ai acheté une clientèle... Pardonnez-moi un bref élément autobiographique. Je l'ai fait en partie parce que ce rachat était extraordinairement bon marché et que j'étais obligé de gagner ma vie avec mes maigres ressources, et aussi parce que je voulais quitter l'hôpital et Londres — et me reposer le cerveau. je partis surmené et déçu. Je trouverais sans doute un travail facile. Il n'y a pratiquement pas de rivalité dans les marais, avant d'arriver à la partie qu'ils nomment l'Ile, où les médecins des petites villes viennent en auto. Les communes des collines et des prés salés ne sont pas dans leur zone, sauf pour des consultations spéciales. J'ai été obligé de commencer ma vie de praticien avec peu de titres à cause de mon besoin d'un cadre apaisant... ayant abandonné la perspective de plus hautes qualifications. »

Il s'arrêta comme en face d'un obstacle. « Etiez-vous malade ? » demandai-je, pour l'aider. « *Pourquoi* avez-vous quitté l'hôpital avec un diplôme mineur ? Excusez-moi de faire une remarque personnelle, mais vous n'avez pas l'air d'un homme qui échoue aux examens.

— Je ne les ai pas ratés. En fait, j'étais plus ambitieux que beaucoup. Je crois que j'ai trop travaillé. Et j'étais intellectuellement actif dans d'autres directions. J'étais plus intéressé par la politique que la plupart des étudiants. Je me suis passionné pour la justice sociale et la prévention des guerres. J'ai étudié les gaz. Peut-être en ai-je trop fait. Peut-être ai-je trop pensé et senti... Oui... Oui, j'ai certainement trop senti. Il vint un temps où le journal du matin pouvait me bouleverser au point de troubler mon travail du jour.

« Depuis le tout début de mes études médicales, il faut que vous sachiez que j'ai souffert de tension. Je l'admets. Je n'aimais pas les dissections, ni, dans les services, les malades traumatisés. Certains étaient pitoyables, d'autres m'inspiraient de l'horreur. »

31

Je l'approuvai. « La médecine m'a toujours terrifié. Je n'aurais pu supporter aucune de ses disciplines.

— Mais le monde a besoin de médecins, dit-il.

— Ce ne sera pas *moi*. Je n'ai jamais vu plus de trois morts, et ils étaient paisiblement étendus dans leur lit.

— Mais sur la route ? On voit des choses terribles.

— Nous ne voyageons jamais par la route. Tous les gens sensés l'abandonnent.

— Je vois que vous avez toujours évité les laideurs de la vie. Moi... pas. Je m'y suis plongé en choisissant la médecine. J'ai pensé au bien que je pourrais faire et je n'ai jamais envisagé les dures réalités sanglantes auxquelles je serais confronté. Vous les avez évitées. J'ai essayé de ne pas le faire, et j'ai pris la fuite. J'ai choisi cette région en pensant bien y échapper. Ici, me suis-je dit, je serai loin des guerres et des bombardements. Je pourrai me reprendre. Ici, il n'y aura que des cas normaux que je serai capable de regarder en face et d'aider. Cainsmarsh est loin de toute grande route. Il n'y aura même pas d'accidentés de la circulation qui sont souvent si horribles à voir. Vous voyez ce que je veux dire ? Cette région semblait aussi bonne que n'importe laquelle pour moi, et, y arrivant en été, avec les fleurs sauvages épanouies et une centaine de sortes de papillons, des libellules et de nombreux oiseaux, sans parler des visiteurs, pour la plupart des mariniers et des pêcheurs avec des enfants et leurs petites maladies, tout semblait bien. J'aurais ri si vous m'aviez dit que j'étais arrivé dans une région hantée.

« Je fis tout ce que je pus pour me protéger de l'énervement. Je n'avais aucun journal dans la maison. Je me fiais à un résumé hebdomadaire de nouvelles sans images, uniquement de diagrammes. Je n'ouvrais pas un livre plus récent que Dickens.

« Les autochtones semblèrent d'abord

un peu stupides et réservés, mais bienveillants. Je ne trouvai au début rien à leur reprocher. Le vieux Rawdon, pasteur de Cross in Slackness dont l'église-phare domine les plaines, me raconta qu'il y avait, ici, beaucoup de gens qui se droguaient secrètement à cause des fièvres paludéennes et qu'il doutait de la sincérité de l'amabilité des habitants. Je lui rendis visite dès que je pus. C'était un homme assez âgé, un peu sourd, et il s'était fait muter à la cure de Cross in Slackness à cause de cette infirmité. Son église et son presbytère s'étaient échoués, pour ainsi dire, avec une ou deux chaumières sur une sorte de dos de crocodile en terre, envahi par les ormes. Je doute que plus d'une vingtaine de fidèles assistaient à ses services. Il n'était pas très communicatif, sa vieille épouse voûtée encore moins ; il souffrait de calculs biliaires, d'un ulcère à une cheville et sa préoccupation principale semblait être les tendances anglicanes "Haute Eglise" du confrère qui venait d'arriver à Marsh Havering. Il était lui-même manifestement " Basse Eglise " et calviniste, mais au début je ne compris pas le mélange de peur et de ressentiment avec lequel il parlait de son plus jeune collègue. Il n'y avait pas de noblesse terrienne à Cainsmarsh et, à l'exception d'un vétérinaire, de quelques instituteurs primaires, d'un ou deux cabaretiers et de plusieurs propriétaires de pensions de famille bourgeoises du côté de Beacon Ness, la population était entièrement constituée par des fermiers et des ouvriers agricoles. Ils n'avaient ni traditions, ni chansons, ni arts ou costumes caractéristiques. Il serait difficile d'imaginer un terrain moins propice à tout phénomène psychique. Et cependant, vous savez... »

Il fronça les sourcils et parla d'une voix mesurée, comme s'il s'efforçait d'être explicite et de répondre d'avance aux objections possibles que je pourrais faire ensuite à ce qu'il dirait.

« Après tout... c'est peut-être dans une

telle atmosphère plane, tranquille, trans-
lucide, aux couleurs douces, que les choses
endormies sous la surface, les choses
cachées dans un environnement plus mou-
vementé et pittoresque se glissent insensi-
blement dans nos perceptions... »

Il se tut, but un verre de vin, réfléchit
quelques instants et reprit :

« La tranquillité de ce district est indis-
cutable. J'arrête parfois mon auto sur
l'une des routes sinueuses qui longent le
chenal et je tends l'oreille avant de repartir. On entend à cinq ou six kilomètres les
moutons sur les collines couleur de
lavande, ou le cri d'un lointain gibier
d'eau, comme une longue strie de lumière
au néon à travers l'azur silencieux, ou le
bruit du vent et de la mer à Beacon Ness, à
quinze kilomètres d'ici, semblable à la
respiration du monde endormi. Le soir,
naturellement, il y a davantage de bruit :
des chiens hurlent et aboient au loin,
les râles des genêts s'appellent et des
choses bruissent dans les roseaux. Et

pourtant, les nuits peuvent aussi avoir un calme...

« On n'attacha pas d'abord grande importance au fait que la consommation connue de somnifères et de tranquillisants de cette population apparemment insensible n'était pas seulement très importante mais qu'elle augmentait, ni que la proportion des suicides et des crimes inexplicables — par rapport à ceux dont les causes étaient normales — se montrait exceptionnellement élevée et même de plus en plus importante. Toutefois, vu le petit nombre d'habitants, un meurtre de plus ou de moins pouvait tout à fait bouleverser le pourcentage. En plein jour, il n'y avait rien de criminel dans l'aspect de ces gens. Ils ne vous regardaient jamais dans les yeux... mais c'était peut-être l'idée qu'ils se faisaient des bonnes manières. Or, il n'y avait pas eu moins de trois assassinats fous de parents ou de voisins à Cainsmarsh pendant les cinq dernières années, et les coupables, pour deux d'entre eux, étaient encore impunis. L'autre était un fratricide. Quand j'y fis allusion, le pasteur parla de " race dégénérée par trop de consanguinité " et changea de conversation, comme si c'était un sujet désagréable qui ne présentait pas d'importance particulière pour lui.

« Le premier indice que j'eus personnellement de l'atmosphère étrange qui planait sur Cainsmarsh fut une crise d'insomnie. Jusque-là, j'étais un bon dormeur, mais je n'étais pas installé dans les marais depuis deux mois que mes nuits commencèrent à être agitées. Je me réveillais dans un état de trouble profond, et, sans aucune cause physiologique connue, je devins la proie de cauchemars très particuliers que je n'avais jamais eus : on me menaçait, on me tendait des guets-apens, j'étais suivi et poursuivi et je luttais furieusement pour me défendre ; je me réveillais en criant — vous savez, ces cris faibles, indistincts du monde des rêves conflictuels — couvert de sueur et les membres tremblants. Certains avaient un tel goût d'horreur que je craignais de me rendormir. J'essayai de lire, mais malgré tout ce que je lisais pendant les veilles de la nuit, un malaise mystérieux planait sur moi.

« J'eus recours à tous les expédients qui viennent naturellement à l'esprit d'un jeune médecin pour mettre fin à ces expériences énervantes, mais sans succès. Je fis un régime, de l'exercice. Après m'être levé et habillé, je sortais à pied ou en auto, malgré une forte peur qui me poursuivait après les rêves. L'impression de cauchemar me cernait sans que je pusse m'en dépêtrer. Eveillé, je rêvais encore. Je n'ai jamais vu de cieux aussi sinistres qu'au cours de ces excursions nocturnes. J'éprouvai une peur des ombres inconnues que je n'avais jamais éprouvée, même dans mon enfance. Il y avait des moments, lors de ces promenades nocturnes, où j'aurais pu hurler pour voir la lumière du jour comme un homme, suffoquant dans une chambre close, crie pour avoir de l'air.

« Tout naturellement, cette impossibilité de dormir commença bientôt à miner ma vie quotidienne. Je devins inquiet et fantasque ; je m'aperçus que je m'abandonnais à de petites hallucinations, un peu semblables à celles du delirium tremens, mais plus menaçantes. Je me retournais convulsivement, ayant l'impression qu'un chien silencieux s'approchait lentement derrière moi pour m'attaquer, ou j'imaginais un serpent noir sortant en rampant de la frange d'un fauteuil.

« Puis survinrent d'autres symptômes de manque de contrôle mental. Je soupçonnai les médecins de l'île de comploter contre moi. Mon imagination saisissait les incidents les plus anodins, les petits froissements, manquements à l'étiquette, imputations imaginaires pour alimenter ma maladie de la persécution. Je devais faire des efforts pour ne pas écrire des lettres insensées, m'abstenir de lancer des défis et de poser des questions. Puis je commençai à mal interpréter le silence ou les gestes de certains de mes malades. Et, assis au chevet de leur lit, je m'imaginais que des chuchotements et des complots hostiles se poursuivaient juste derrière la porte.

« Je ne comprenais pas ce que j'avais. Je cherchais si j'étais victime de tensions nerveuses sans pouvoir en trouver. J'avais abandonné tout cela à mon départ de Londres. Ma température demeurait normale. Cependant il y avait sûrement quelque chose qui n'allait pas dans mon adaptation à ce nouvel environnement. Cainsmarsh décevait mes espoirs. Je ne guérirais pas ici. Il fallait me reprendre en main : j'avais investi tout mon petit capital dans l'achat de cette clientèle, et il fallait persévérer. Je n'avais pas où aller. Je devais garder la tête froide, lutter contre cette épreuve et la vaincre avant qu'elle ne fût trop lourde pour moi.

« Etait-ce simplement une souffrance personnelle ? Y avait-il quelque chose de détraqué en moi ou dans le cadre environnant ? D'autres habitants du marais étaient-ils sujets à des rêves et à des imaginations comme les miens, ou était-ce un dérèglement qui survenait chez les nouveaux venus, et disparaissait ? Etait-ce quelque chose que je surmonterais ? M'y habituerais-je ? Il me fallait être très prudent dans mes investigations parce qu'il n'est pas bon, pour un médecin, d'admettre qu'il ne se sent pas bien. Je commençai à observer mes malades, ma vieille domestique, et tous ceux avec lesquels j'étais en contact pour déceler chez eux des symptômes semblables aux miens. Et j'ai trouvé ce que je cherchais. Sous leur flegme superficiel, bon nombre d'entre eux étaient profondément mal à l'aise. La peur rôdait dans le marais, autour d'eux comme autour de moi. C'était une peur établie, habituelle, mais vague. Ils redoutaient quelque chose d'inconnu. C'était le genre de peur qui pouvait à tout moment se fixer sur n'importe quoi et se transformer en chose terrifiante.

« Permettez-moi de vous donner quelques exemples.

« Un soir, je découvris une vieille dame raide de peur à cause d'une ombre, dans un coin, et quand je pris sa bougie et que l'ombre bougea, elle se mit à hurler. " Mais elle ne peut rien vous faire, lui dis-je. — J'ai peur ", répondit-elle, comme si c'était une réponse suffisante. Et tout à coup, avant que je pusse l'en empêcher, elle saisit une petite pendule sur la table de chevet et la lança sur l'ombre effrayante et vide avant d'enfouir sa tête sous ses draps. J'avoue que pendant quelques instants je demeurai rigide, dans l'expectative, fixant dans le coin la pendule brisée.

« Un autre jour, je vis un fermier qui chassait le lapin s'arrêter pour regarder, médusé, un épouvantail flottant au vent et, ne se doutant pas de ma présence, il leva soudain son fusil et réduisit en morceaux la pauvre chose ballante.

« Il régnait une terreur inhabituelle de l'obscurité. Je m'aperçus que ma vieille domestique refusait de s'aventurer le soir jusqu'à la boîte aux lettres, à cent mètres de la maison. Elle inventait toutes sortes d'excuses et, mise au pied du mur, refusait catégoriquement de sortir. Je devais y aller moi-même ou attendre le lendemain matin pour poster mes lettres. J'appris même que les jeunes gens n'étaient pas tentés par les rendez-vous amoureux après le coucher du soleil.

« Je ne peux pas vous dire, continua-t-il, comment la perception de la présence de la peur s'empara de moi — comment elle m'empoisonna — jusqu'à ce qu'enfin le claquement d'un store dans la brise ou la chute des cendres dans la cheminée fissent vibrer mes nerfs.

« Impossible de secouer cette peur : mes nuits devinrent pires. Je résolus d'avoir une conversation approfondie au sujet de cette étrange angoisse mentale avec le vieux pasteur. Vous comprenez, en un certain sens, le district était son domaine, comme à ma façon il était le mien. Il devait connaître ce qu'il y avait à savoir. A ce moment-là, les troubles avaient une grande prise sur moi. Je décidai d'aller le trouver après une nuit d'horreur et d'épouvante. J'allais vraiment assez mal...

« Je peux encore me souvenir maintenant du sentiment d'insécurité que j'éprouvai lorsque ma voiture me conduisit vers lui à travers les marais découverts. Ils me semblaient beaucoup trop nus, exposés à d'infinis dangers. Et quand j'approchais d'un groupe d'arbres, ils ressemblaient à une embuscade. La confiance normale d'une créature vivante m'abandonnait. Je me sentais non seulement visé par des maux incalculables, mais menacé par eux. En plein jour, remarquez bien, en plein soleil. Avec seulement quelques oiseaux en vue...

« Or je trouvai le vieux pasteur d'humeur communicative. Je l'interrogeai franchement. " Je suis nouveau venu dans ce pays, dis-je. Y a-t-il quelque chose... quelque chose de *particulièrement* mauvais par ici ? "

« Il me regarda fixement et se gratta la joue, pesant les mots qu'il allait prononcer. " Oui, c'est exact ", dit-il.

« Il me conduisit dans son bureau, écouta pendant quelques instants comme pour s'assurer que rien n'était à portée de sa voix puis ferma soigneusement la porte. " Vous êtes sensible, affirma-t-il. Vous êtes atteint plus tôt que je ne l'ai été. Oui, il y a quelque chose qui ne va pas — et cela empire. Quelque chose de mauvais. "

« Je me souviens très nettement de ses premiers mots, de ses vieux yeux larmoyants et des dents gâtées dans sa bouche affaissée. Il vint s'asseoir tout près de moi, une longue main osseuse en cornet derrière son oreille. " Ne parlez pas trop fort, dit-il. Si vous parlez distinctement, je pourrai vous comprendre. "

« Il me dit qu'il était content d'avoir quelqu'un avec qui discuter enfin. Il m'expliqua qu'il avait espéré terminer ses jours paisiblement dans le marais, mais que, peu à peu, cette gêne impalpable l'avait envahi et s'était développée lentement pour devenir de la peur. Il n'avait pas les moyens de changer de cure. Lui aussi était coincé ici. C'était difficile à expliquer. Sa femme ne lui en parlait jamais. Avant leur arrivée à Cross in Slackness, ils avaient été les meilleurs amis et confidents du monde. " Maintenant, cela nous sépare peu à peu. Je parle tout seul. Je ne sais pas ce qui lui arrive.

« — Qu'est-ce qui vous sépare peu à peu ? demandai-je.

« — Le Mal. "

« C'était le nom qu'il lui donnait.

« Tous, dit-il, s'éloignaient les uns des autres. On commençait à percevoir de sinistres possibilités dans les rapports les plus ordinaires. Depuis peu, il avait éprouvé une étrange impression en mangeant — il s'était imaginé que ses aliments avaient un goût bizarre et qu'après il se sentait mal à l'aise. " J'en arrive à craindre pour ma raison, déclara-t-il. Ma raison, ou la sienne. " Cependant, tout de même, c'était bizarre au sujet de la nourriture. Pourquoi quelqu'un... ? Il n'acheva pas sa phrase. A son arrivée, les gens ordinaires lui avaient seulement semblé obtus. Puis il avait compris qu'ils étaient moins obtus que réservés et soupçonneux. Vous apercevez une lueur dans leurs yeux, comme un chien qui peut mordre. Même les enfants, quand on les observait, étaient secrètement sur la défensive. Sans raison. Sans aucune raison. Il me dit cela, assis tout près de moi, presque à voix basse.

« Il se rapprocha encore. " Ils sont cruels envers les animaux, reprit-il. Ils frappent leurs chiens et leurs chevaux. Pas régulièrement. Par crises... "

« " Les enfants viennent en classe avec des marques de coups ; impossible de les faire parler... Ils ont peur. "

« Je lui ai demandé s'il sentait que " cette chose ", quelle qu'elle fût, se développait. Avait-elle toujours existé ici ? Les archives historiques de la région étaient très rares. Il croyait que " la chose " s'étendait. Dans le passé, l'atmosphère n'avait pas toujours été ainsi. J'ai suggéré que cela avait peut-être toujours été dans l'air et que nous en prenions davantage conscience à mesure que nous y succombions nous-mêmes.

« " Peut-être. En partie ", répondit le vieux pasteur.

« Il me raconta des fragments de l'histoire d'un de ses prédécesseurs. Sa femme et lui avaient été condamnés à la prison pour cruauté envers une servante. A la prison ! Ils prétendirent qu'elle mentait et avait des habitudes répréhensibles. Pour s'excuser. Ils voulaient la guérir, dirent-ils. Mais en réalité, ils la haïssaient... On n'avait jamais eu à se plaindre d'eux avant leur venue dans le marais.

« " La chose a toujours été là ", murmura le vieux pasteur. " Toujours. Sous la surface. Un esprit malheureux, méchant qui nous imprègne tous. Je prie. Je ne sais pas ce que je deviendrais si je ne priais pas. Avec l'argent gaspillé, l'impolitesse de tous les gens, les mauvais tours qu'ils me jouent et les pierres qu'ils me jettent. Sans parler du poison. C'est lui qui me fait le plus de mal. "

« Nous parlâmes ainsi dans son grand bureau triste, minable et délabré, en plein jour, comme des hommes tapis dans une cave.

« Puis il se mit à discourir moins raisonnablement. Le mal était dans le sol, déclara-t-il ; il était *souterrain*. Il insista beaucoup sur le mot " souterrain ", faisant de sa main tremblante un geste vers le bas. Il y avait une chose puissante et redoutable enfouie à Cainsmarsh. Une chose formidablement mauvaise. Brisée. Disséminée dans tout le marais. " Je crois savoir ce que c'est ", murmura-t-il d'un air sombre, mais pendant quelque temps il refusa de s'expliquer.

« " Ils passent leur temps à l'exciter, dit-il. Ils ne la laissent pas en paix. "

« Que voulait-il dire par *ils* ? C'était difficile. On avait construit des routes, effectué des travaux sanitaires, et maintenant " ces archéologues ! ". Et ce n'était pas tout. Pendant la guerre, on avait labouré les anciens pâturages. Rouvert de vieilles blessures. " Vous comprenez, partout il y avait autrefois une immensité de tombes.

« — Des tumuli ? demandai-je.

« — Non, insista-t-il. Des tombes, des tombes partout ! Et certains des anciens, dit-il, étaient " pétrifiés ". Certaines pierres avaient les formes les plus étranges. Abominables. " On remontait continuellement des choses à la surface, continua-t-il. Des choses qu'il aurait mieux valu laisser où elles étaient, qui auraient dû être laissées, qui engendraient des doutes et des énigmes... qui détruisaient la foi. "

« Sans transition, il s'éleva contre le darwinisme et l'évolution. Il était remarquable de voir comment des controverses de toute une vie se mêlaient avec les angoisses de Cainsmarsh! Avais-je visité le musée d'Eastfolk? interrogea-t-il, en me parlant des grands ossements qui y sont exposés. Je lui demandai s'il faisait allusion aux os des mammouths, des dinosaures et autres? Non, insista-t-il, ce sont des os de géants. Voyez ce qu'ils appellent des outils! Trop lourds et informes pour qu'un homme vivant pût les manier. Haches, javelots — des armes énormes pour tuer et tuer encore! Des " *pierres à meurtre* ", les nomma-t-il. Les pierres à meurtre des géants.

« Il serrait son poing osseux, sa voix tremblante s'élevait et ses yeux exprimaient une véritable haine.

« " Rien n'est en trop mauvais état, dit-il, pour ceux qui déterrent ces pierres. Ils mettent en pièces de sombres secrets. Ils ont l'air de tout réduire à néant... Une tombe est une tombe et un mort est un mort, même s'il l'est depuis un million d'années. Laissez ces créatures perverses reposer en paix ! Laissez-les en paix ! Que leurs cendres reposent en paix ! " Il cessa d'être furtivement confidentiel, sa colère monta, éloignant sa peur. Il ne se donna plus la peine d'écouter ce que j'avais à dire pour lui répondre.

« Il se lança bientôt dans la diatribe la plus extravagante. Il était transfiguré par une colère qui secouait son corps frêle. Les archéologues et les naturalistes locaux étaient les principales cibles de sa tirade, mais il mêlait à eux, de la manière la plus étrange et la plus illogique, sa haine des pratiques de la " Haute Eglise " introduites par le nouveau pasteur de Marsh Havering. Au moment précis où ce Mal était lâché et sortait de terre comme une exhalation, où le besoin suprême de ce temps était une religion pure et dure —

" *pure et dure* ", répéta-t-il en agitant les doigts devant mon visage — cet homme arrivait, avec ses chasubles, ses statues, sa musique et ses singeries !

« Mais, même si je le pouvais, je ne vous donnerais pas une description de ce pauvre détraqué à mesure qu'il devenait plus violent, plus bruyant et plus rauque. Il voulait la suppression, la persécution des sciences, de Rome, de toute immoralité et impudeur, de toute croyance excepté la sienne ; persécution et repentir imposés pour nous sauver de la colère qui s'avançait vers nous à pas réguliers. " Ils retournent le sol, ils dénudent les ossements, et nous respirons la poussière d'hommes morts depuis longtemps ". On eût dit qu'il voulait échapper à l'obsession commune qui planait sur les marais par des hurlements de pure violence. " La malédiction de Caïn ! criait-il. La punition de Caïn !

« — Mais *pourquoi* Caïn ? réussis-je à demander.

« — C'est ici qu'il a terminé ses jours,

déclara le vieillard. Oh! je le sais! Ce n'est pas pour rien que cet endroit s'appelle Cainsmarsh. Il a erré sur la surface de la terre avant d'arriver enfin ici, avec les pires de ses fils. Ils ont empoisonné la terre. Après des siècles de crimes et de cruauté, le Déluge les a enfouis sous ces marais — où ils auraient dû être enterrés pour toujours. "

« J'essayai de protester contre cette chimère : Cainsmarsh est simplement une corruption de Gaynes Marsh, selon tous les guides; on l'écrit Gaynes dans le grand livre du cadastre anglais[1], mais le vieillard me réduisit au silence. Ma voix n'avait aucune chance de se faire entendre au milieu de ses affirmations croassantes. Sa surdité était un bouclier contre toute discussion. Sa voix remplissait la pièce. Il déversait

---

1. Etabli en 1086 sur ordre de Guillaume le Conquérant.

les propos putrides engendrés par sa sombre solitude. Ses phrases avaient une facilité d'expression longtemps mûrie. Je pense que la plupart avaient été prononcées, maintes fois devant ce qui restait de fidèles dans l'église de Cross in Slackness. Les fils de Caïn, les hommes des cavernes, les mammouths, les mégathériums et les dinosaures se mêlaient tous dans une confusion extravagante. C'était une tempête de propos absurdes. Et cependant... cependant, vous savez... »

Le docteur Finchatton regarda silencieusement la baie des Noupets pendant quelques minutes.

« Tout cela me suggéra une hypothèse. Je me demande si elle vous semblera raisonnable dans cet air limpide. C'est l'idée qu'il y avait dans cette hantise, quelque chose de lointain, d'archaïque, de bestial... »

Il hocha la tête d'un air incertain pour appuyer ses propos.

« Vous comprenez... c'est déjà assez

pénible d'être hanté par des fantômes du temps des George ou des Stuart, des fantômes élisabéthains, des fantômes en armures ou enchaînés. Cependant, on éprouve, en quelque sorte, une espèce de sympathie pour eux. Ce ne sont pas seulement des esprits cruels, soupçonneux et d'une méchanceté simiesque. Mais les âmes d'une tribu d'hommes des cavernes pourraient être... des fantômes monstrueux... Qu'en pensez-vous ?

— Les deux cas sont possibles, dis-je.

— Oui. Et cependant, si ce sont des hommes des cavernes, pourquoi pas des singes ? Supposez que tous nos ancêtres se dressent contre nous ? Reptiles, poissons amibes ! Cette idée était tellement extraordinaire qu'en quittant Cross in Slackness j'essayai de rire. »

Le docteur Finchatton s'arrêta court et me regarda.

« *J'étais incapable de rire*, dit-il.

« — Je ne crois pas que j'aurais pu, dis-je. C'est une idée épouvantable. Je préférerais être hanté tous les jours par un homme que par un singe. »

« Je rentrai chez moi plus imprégné de terreur qu'à mon arrivée. Je commençais à voir des apparitions partout. Il y avait un vieillard, dans un fossé, courbé sur un mouton tombé là et il devint à mes yeux un sauvage bossu à la lourde mâchoire. Je n'ai pas osé regarder ce qu'il faisait, et lorsqu'il m'interpella — peut-être seulement pour me dire bonjour — je fis semblant de ne pas l'entendre. Mon cœur sombrait à chaque fois qu'un groupe d'arbres s'élevait près de la route ; je ralentissais et après l'avoir dépassé je donnais un brusque coup d'accélérateur.

« Ce soir-là, monsieur, je me suis soûlé pour la première fois de ma vie. Vous comprenez, c'était ça ou la fuite. Peut-être suis-je encore jeune, mais c'est ma règle. Un médecin qui abandonne ses malades sans prévenir est aussi lâche qu'une sentinelle qui déguerpit. Je fus donc obligé de boire.

« Avant de me coucher, je me retrouvai en train d'essayer d'ouvrir la porte d'entrée pour regarder au-dehors. Et, avec un effort convulsif, je l'ouvris toute grande...

« Les marais étaient accroupis au clair de lune et les rubans de brume longs et bas semblaient avoir cessé de flotter en entendant ma porte claquer contre le mur. Comme s'ils s'immobilisaient pour écouter ? Et par-dessus tout planait quelque chose, une présence pernicieuse, que je n'avais jamais éprouvée auparavant.

« Cependant je restai sur le seuil de ma porte. Je ne reculai pas. Je m'efforçai même de leur adresser un discours aviné.

« J'oublie ce que j'ai dit. Peut-être retournais-je moi-même à l'âge de pierre et me contentais-je d'émettre des sons inarticulés. Mais le but était un défi à l'encontre de tous les legs pervers que le passé avait laissé aux hommes. »

3

Le crâne du musée

A ce moment de son récit, le docteur
Finchatton s'arrêta brusquement.
« Cette histoire vous semble folle ? dit-
il. Voulez-vous que je continue ?

— Absolument pas, bredouillai-je. Je
veux dire oui, s'il vous plaît. Continuez,
je vous en *prie*. Je suis profondément
intéressé. Mais, assis ici, à cette table,
alors que tout est lumineux, clair et
précis, il y a une certaine absence de
réalité... si vous voyez ce que je veux
dire ?

— Je vous comprends », dit-il sans
me rendre mon sourire. Il regarda
autour de lui. « C'est vrai qu'il semble
n'y avoir ici que du vermouth, de l'eau

de Seltz, et ensuite le déjeuner et que de tels incidents ne pourraient se reproduire. »

Il eut soudain l'air extrêmement las. « Je me repose. Oui. Mais, tôt ou tard, je devrai retrouver tout cela. J'aimerais continuer à en parler encore un peu... à vous. Si vous n'y voyez pas d'inconvénient. Vous avez quelque chose — si je peux me permettre de le dire — de si... si prosaïque. Comme du papier blanc... »

A ce moment-là, j'étais très décidé à continuer d'écouter. Je n'entrevoyais pas alors la possibilité que cette histoire pût jamais troubler mon propre sommeil. Je garde les rêves pour les moments de veille, mais alors je les aime. Imaginations, rêveries... je les accueille avec plaisir. On rêve, mais on se sent très en sûreté. Ils peuvent faire frissonner, jamais vraiment terroriser. C'est justement parce qu'elles *sont* impossibles que j'aime les histoires impossibles. Depuis que j'ai découvert, dans ma petite enfance, Edgar Allan Poe, j'ai le goût du mystérieux et de l'étrange et, malgré l'opposition de ma tante — elle se met régulièrement en colère à l'idée qu'une chose anormale ou inhabituelle puisse jamais se produire —, je m'y suis adonné, d'une manière discrète, assez librement. Son imagination, je crois, est morte il y a longtemps, mais la mienne est devenue un animal familier avec lequel j'aime jouer. Je ne crois pas qu'il me griffera jamais sérieusement, c'est un petit chat qui sait maintenant où s'arrêter. Pourtant, je n'en suis plus aussi sûr que je l'étais. Mais c'était très agréable d'être ici, à l'abri et assuré, sous le clair soleil normand, écoutant ce récit de marais où plane la terreur. « Continuez, cher monsieur, continuez, dis-je.

— Eh bien, reprit le docteur Finchatton, je luttai autant que ma formation et ma qualité le permettaient. M'enivrer et crier mon défi, même si, en réalité, je l'imaginai plutôt que je ne le fis, améliora mon état. Cette nuit-là, pour la première fois depuis des semaines, je dormis d'un bon sommeil plein d'oubli et le lendemain je me levai, rafraîchi, pour envisager ma situation. Etant donné ma formation, il était naturel que je suppose que cet élément commun, fait de peur et d'imagination, ce malaise de toute une région fût provoqué par un virus qui se trouvait dans l'air, l'eau, ou la terre. Je résolus de boire seulement de l'eau bouillie et de ne manger que des aliments très cuits. Cependant j'étais tout disposé à admettre que quelque chose de moins matériel fût en jeu. Je n'ai aucun préjugé matérialiste. J'étais prêt à croire à une infection purement psychique — bien que, naturellement, je ne crusse pas aux " fils de Caïn " du pasteur. Je décidai, le lendemain matin, d'interroger le vicaire anglican de Marsh Havering, le Révérend Mortover, la bête noire du pasteur, pour essayer de voir ce qu'*il* avait à dire sur ce sujet.

« Or je trouvai ce jeune homme aussi fou que son collègue calviniste. Tandis que le vieillard imputait ces troubles à la science, aux fouilles et au catholicisme, le jeune homme blâmait la Réforme et tenait grand compte de la chasse aux sorcières des puritains du XVIe siècle. Il me déclara avec beaucoup d'assurance que la maîtrise des forces avait été brisée à ce moment-là, et que le démon était revenu sur terre. Selon lui, ce n'étaient pas les fantômes de Caïn et de ses fils pervers qui nous tourmentaient, c'était la possession diabolique. Il fallait restaurer l'unité de la chrétienté et exorciser ces démons.

« C'était un jeune homme très pâle, entièrement rasé, avec un beau visage net, des yeux noirs brûlants et une voix aiguë de ténor. Il faisait peu de gestes et serrait ses mains fines lorsqu'il parlait. S'il avait appartenu à l'Eglise catholique au lieu d'être membre de la Haute Eglise anglicane, on l'aurait envoyé diriger des missions. Il avait exactement ce genre d'éloquence passionnée. Assis là en soutane, ses yeux levés regardant au loin par-dessus

65

mon épaule, il discourait sur l'exorcisme des marais.

« Pendant qu'il parlait, je sentais que sa tête était remplie de longues processions lentes serpentant à travers les marais avec des bannières, des dais, des ornements sacerdotaux, des chœurs de garçons, des balancements d'encensoirs, des prêtres aspergeant la foule. J'ai pensé au vieux pasteur regardant à travers les vitres sales de la fenêtre de son bureau et crus le voir sortir en courant, la voix rauque et trébuchant, une lueur criminelle dans les yeux.

« " Mais, objectai-je, il y aura de l'opposition ! " A ces mots, l'attitude de Mr Mortover changea. Il se leva et étendit une main raide comme une serre d'aigle. " Il faudra l'écraser ! " cria-t-il et, à cet instant, je compris pourquoi des hommes sont tués à Belfast, à Liverpool et en Espagne. »

C'était étrange. Je l'interrompis. « Mais, docteur Finchatton, quel lien y a-t-il entre Belfast, Liverpool, l'Espagne et Cainsmarsh ? » demandai-je.

Cela l'arrêta quelques instants. Il me regarda avec une expression très bizarre, entre la curiosité soupçonneuse et l'obstination. « Je faisais allusion à Cainsmarsh, dit-il après avoir réfléchi.

— Alors qu'ont Belfast et l'Espagne à voir dans cette histoire ?

— Rien. J'en ai parlé, je suppose, à titre d'exemple... Laissez-moi réfléchir ! Ce à quoi je pensais, c'est au fanatisme. Ces deux hommes, le pasteur et le prêtre, avaient leurs convictions... oui. Des convictions nobles et élevées, certes, lorsqu'ils les exprimaient. Mais ce qu'ils désiraient vraiment, c'était se battre. Ils voulaient se prendre mutuellement à la gorge. C'est là où le poison qui rôdait dans les marais intervenait. Ils n'étaient pas mus par leurs croyances, mais par leurs terreurs. Le prêtre désirait crier, provoquer...

« Eh bien, moi aussi d'ailleurs. Pourquoi avais-je hurlé et déliré en menaçant le marais, sur le seuil de ma porte, la veille ? Et levé le poing ? »

Il me regarda comme s'il attendait ma réponse. « Les Grecs avaient un terme pour cela, dit-il. Panique. Une panique endémique, qui venait des marais.

— Il se peut qu'il y ait un nom pour cela, dis-je. Mais qu'est-ce que cela explique ?

— Vous comprenez, reprit le docteur Finchatton, qu'à ce moment là j'étais moi-même complètement affolé par la panique. Je sentais que le temps allait me manquer. Si je ne faisais pas quelque chose pour l'exorciser, l'esprit du marais s'emparerait sûrement de moi. Je craquerais. Je me livrerais à des violences. Il se trouva que je n'avais alors rien d'urgent qui me liât, et je résolus de faire l'école buissonnière et de quitter mon cabinet de consultation pendant une demi-journée pour aller au musée d'Eastfolk. Je jetterais un bon coup d'œil rassurant sur ces os de mammouths qui, à cause des suggestions du pasteur, commençaient à prendre une forme beaucoup trop humaine dans ma mémoire, et peut-être bavarderais-je avec le conservateur qui, avais-je entendu dire, était un archéologue très savant.

« Je trouvai un petit homme très affable, au large visage agréable et glabre, qui, à travers ses lunettes, regardait avec une sorte de vigilance, cette vigilance des bons photographes et des peintres portraitistes; c'était la seule chose qui ne fût pas tout à fait agréable en lui. Je le surpris en train de m'observer à chaque fois que je me détournais de lui...

« Je prétendis éprouver un vif intérêt pour les outils en silex si abondants dans les collines basses qui dominent les marais et pour les restes humains qu'on y avait déterrés. C'était un enthousiaste et il me jugea intelligent. Il se lança dans l'histoire de la région. " Elle a dû être inhabitée pendant des milliers d'années, dis-je.

« — Des centaines de milliers, ren-

chérit-il. Il y avait les hommes du Néan-
derthal et... mais permettez-moi de vous
montrer ce qui fait notre gloire ! "

« Il me conduisit vers une vitrine fermée
à clef dans laquelle se trouvait un crâne
épais, au front bas et bombé dont les
orbites vides avaient encore l'air menaçant. A côté du crâne était posée la
mâchoire inférieure. " Ce trésor sale,
rouillé et brun, dit-il, est le spécimen le
plus complet de son genre qui existe au
monde. A peu près intact. Il a déjà permis
de régler une douzaine de controverses qui
s'élevaient au sujet de la nature fragmen-
taire de ses pareils. " Il y avait aussi
quelques vertèbres cervicales, un fémur
incurvé et de nombreux fragments plus
petits dans une vitrine proche, mais la
crevasse dans laquelle ces restes avaient
été trouvés n'avait pas encore été nettoyée
entièrement, car les os, à demi dissous et
très cassants, devaient être extraits avec le
plus grand soin. La crevasse était fouillée
avec des précautions minutieuses. On

espérait, à la fin, reconstituer un squelette à peu près entier. Deux ou trois objets très primitifs et grossiers avaient été trouvés aussi dans cette même fissure calcaire, au fond de laquelle la brute avait peut-être glissé, était demeurée coincée, puis avait été recouverte. Le petit conservateur m'observait tandis que je contemplais son spécimen dont il faisait le plus de cas, et il me fit remarquer le rictus hargneux du maxillaire supérieur et la sombre vitalité qui demeurait tapie dans les trous d'où les yeux avaient autrefois lancé des regards furieux sur le monde.

« " Il pourrait, je suppose, être notre ancêtre ? dis-je.

« — Probablement.

« — *Ça* de notre sang ! " m'écriai-je.

« Je me détournai à demi et regardai le monstre du coin de l'œil, et quand je parlai de nouveau, ce fut comme s'il pouvait, lui aussi, m'écouter. Je posai une vingtaine de questions d'homme inexpérimenté. J'appris qu'il avait existé d'innombrables générations qui lui ressemblaient. Ce genre d'homme préhistorique avait rôdé et grogné dans les marais pendant cent fois le temps de toute l'Histoire connue. Comparée à son règne à *lui*, la domination plus récente des hommes était d'hier. Des milliers de ces vies bestiales étaient venues et passées, laissant des fragments, des outils, des pierres qu'ils avaient taillés ou rougis à leurs feux, des os qu'ils avaient rongés. Il n'existait pas un caillou dans les marais, pas un centimètre de sol que leurs pieds n'avaient pas foulés ou leurs mains saisis des myriades de fois.

« " Il a quelque chose d'un peu terrifiant ", dis-je, parlant d'un ton neutre pendant que je réfléchissais. Puis je résolus de poser une question catégorique. Je demandai au conservateur s'il avait jamais entendu dire... s'il s'était jamais trouvé confronté à l'idée que le marais était hanté ?

« Le regard pénétrant des yeux agrandis

derrière ses lunettes s'intensifia. Il était au courant de quelque chose.

« " *Alors ?* " insistai-je.

« Mais il voulait que je parle le premier. Il attendit en silence, m'obligeant ainsi à continuer. Je lui racontai à peu près tout ce que je vous ai dit. " Les marais se sont emparés de moi, affirmai-je. Et si je ne réagis pas, ils me rendront fou. Je ne peux pas les supporter et je le dois. Expliquez-moi pourquoi les rêves, ici, sont si lugubres, pourquoi la peur vous hante le jour, et d'horribles terreurs, la nuit ?

« — Vous n'êtes pas le premier qui soit venu me poser cette question, répondit-il, tout en continuant à m'observer.

« — Et vous pouvez y répondre ?, insistai-je. Dites-le-moi.

« — Non ", déclara-t-il.

« C'était un homme aux paroles aussi prudentes que ses regards étaient attentifs. Il m'expliqua qu'il était allé faire des fouilles dans les marais, donc qu'il avait vu les habitants. " Ils n'aiment pas ces excavations, reprit-il. Je n'ai jamais entendu parler d'une telle méfiance des fouilles dans aucune autre partie du monde. Peut-être s'agit-il d'une forte superstition locale. Peut-être la peur est-elle contagieuse. Et ils ont certainement peur, davantage, je crois, aujourd'hui qu'autrefois. Il est souvent très difficile d'obtenir la permission de fouiller dans des domaines privés. "

« Je voyais bien qu'il ne me disait pas tout ce qu'il avait dans l'esprit. Il semblait me livrer des propos à titre d'expérience, comme s'il essayait ses idées sur moi. Il me fit remarquer qu'il ne dormait jamais dans les marais, même en plein jour. Parfois, lorsqu'il passait la terre au tamis, il s'arrêtait pour écouter, reprenait son travail et cessait de nouveau. " Il n'y a rien à entendre, déclara-t-il, et pourtant on est toujours tendu. "

« Il se tut. Je le vis regarder fixement, avec une expression étrange, le crâne de l'homme des cavernes, entre nous, le long du mur.

« " Vous ne croyez pas qu'une bête aussi laide que cela pourrait vraiment avoir un fantôme ? demandai-je.

« — Elle a laissé ses os, dit-il. Croyez-vous qu'elle possédait ce que vous pourriez appeler un esprit ? Quelque chose qui désirerait encore blesser, tourmenter et effrayer ? Quelque chose de profondément soupçonneux et irritable ? "

« A mon tour, je le regardai fixement.

« " Vous ne le croyez pas vraiment. Vous me le suggérez. Dans un dessein quelconque. "

« Il rit, tout en ne me quittant pas de ses yeux attentifs. " Si c'est le cas, je n'ai pas réussi, dit-il. Mais en effet je voulais l'insinuer. Si nous pouvons transformer votre peur en fantôme... on peut abattre les fantômes. Si nous avons la fièvre à cause d'eux, la fièvre peut se guérir. Mais aussi longtemps que tout demeure seulement une peur panique et une colère qui couve, que pouvons-nous y faire ?

« — C'est très aimable à vous, dis-je, d'essayer de m'apaiser de cette façon, d'armer mon esprit, pour ainsi dire, en vue de l'exorciser. Ce n'est pas si facile que cela. "

« Puis, reprit le docteur Finchatton, il cessa de m'observer à travers ses lunettes avec ce regard hypnotique et se mit à me parler plus franchement.

« Ce qu'il m'a dit était plutôt métaphysique, déclara le docteur Finchatton, et je ne suis pas fort dans cette discipline. C'étaient d'étranges histoires théoriques et pourtant, en un sens, elles semblaient donner des explications. Je vais essayer de vous les résumer aussi bien que possible. Il déclara que nous brisions le cadre de notre présent. Le cadre de notre présent ? »

Le docteur Finchatton me regarda d'un air interrogateur. Je demeurai critique, n'ayant pas la moindre idée de ce que pouvait être le cadre de notre présent. « Continuez », dis-je.

« Il se tint de profil ; ne me fixant plus, il regardait par la fenêtre et parlait à cœur ouvert. " Il y a un siècle ou deux, commença-t-il, les hommes vivaient dans le présent beaucoup plus que maintenant. Leur passé remontait à quatre ou cinq mille ans ; leur avenir n'allait pas aussi loin ; ils vivaient *dans le présent*. Et pour ce qu'ils nommaient l'éternité. Ils ignoraient tout du véritable passé lointain et ne se souciaient pas du véritable futur. *Ceci* — et il désigna de la tête le crâne de l'homme des cavernes — n'existait pas pour eux. Tout cela était enfoui, oublié, rayé de la réalité. Nous vivions dans une sphère magique et nous nous sentions entourés et protégés. Et maintenant, depuis un siècle environ, nous avons tout brisé. Nous avons fouillé dans le passé, déterrant siècle après siècle, et nous scrutons de plus en plus l'avenir. Voilà ce qui ne va pas.

« — Dans les marais ? dis-je.

« — Partout. Votre pasteur et le prêtre le sentent d'instinct sans savoir comment l'exprimer — ou ils ne le formulent pas comme vous et moi. Parfois, c'est plus près de la surface, dans le marais — mais c'est partout. Nous avons brisé le cadre du présent, et le passé, le long passé noir de peur et de haine que nos grands-pères n'ont jamais connu, jamais soupçonné, tombe sur nous. Et l'avenir s'ouvre comme un gouffre pour nous engloutir. L'animal est de nouveau terrorisé, il est furieux et les vieilles croyances ne le refrènent plus. L'homme des cavernes, le singe ancestral, la brute ancestrale sont revenus. C'est ainsi. Je vous assure que ce que je vous dis, c'est la réalité. Cela se produit maintenant partout. Vous êtes allé dans les marais. Vous avez senti cela là-bas, mais je vous affirme que la résurgence de cette sauvagerie plane et s'impose partout. Le monde est rempli de menaces — pas seulement ici. " Il s'arrêta net et ses lunettes luirent lorsqu'il me regarda, avant de tourner de nouveau les yeux au-dehors.

« " Mais, dis-je, tout cela est très beau et mystique, mais comment cela m'aidera-t-il ? Que dois-je faire ? "

« Il répondit que c'était un phénomène mental, contre lequel l'esprit devait lutter.

" Je dois retourner ce soir dans les marais. "

« Il continua à affirmer que le cadre du présent était brisé et ne pourrait jamais être restauré. Il fallait que je m'ouvre — " ouvre " fut le terme qu'il employa — et que je dilate mon esprit pour envisager un monde plus vaste où se trouvait l'homme des cavernes aussi sûrement que le journal quotidien et où les mille ans à venir étaient très proches. " Fort bien, répondis-je, mais qu'est-ce que cela signifie ? Que dois-*je* faire maintenant ? Je vous le demande : que dois-*je* faire maintenant ? "

« Son regard se reporta sur moi. " Lut-tez si vous pouvez ", dit-il. Retournez là-bas. Vous n'échapperez à rien par la fuite.

Rentrez et faites un round de plus contre ce que vous appelez le Mal, la Peur, le Fantôme de Caïn ou le Fantôme de ce squelette... "

« Il se tut et nous regardâmes ensemble le crâne grossier comme si nous pensions qu'il avait son mot à dire sur le sujet.

« " Elargissez votre esprit pour l'adapter à la nouvelle échelle des valeurs, reprit-il d'un ton plus confidentiel. Faites face si vous pouvez. Et, si vous vous apercevez que vous craquez de nouveau, essayez de trouver de l'aide. Allez à Londres vous faire soigner. Vous devriez voir Norbert, au... je crois que c'est 391 Harley Street, mais je peux vous le trouver avec précision. Il a été l'un des premiers à comprendre les miasmes dont vous souffrez, qui envahissent l'esprit et à en élaborer une sorte de traitement. A vrai dire, il m'a aidé, bien que ses méthodes soient rudes et étranges. J'ai été légèrement touché par votre malaise, et comme j'avais entendu parler de lui, je l'ai appelé.

Assez vite. Il vient en avion aux Noupets une ou deux fois par semaine. Il y a une clinique ici... "

« Voilà donc le récit de ma visite au conservateur du musée d'Eastfolk. Sur le moment, elle m'aida à me reprendre. Son langage scientifique moderne était compréhensible. Je sentis que je n'étais plus poursuivi obscurément, mystérieusement, au-delà de toute possibilité de secours : j'étais simplement un expérimentateur confronté à un défi désagréable et dangereux, mais nullement impossible.

« Or je n'eus pas de chance dans ce dernier round contre les fantômes des hommes des cavernes, continua le docteur Finchatton. Il faisait encore jour quand je rentrai. Au premier coup d'œil, avant d'arriver chez moi, je découvris quelque chose d'affreux : un chien battu à mort. Oui, battu à mort ! Vous penserez peut-être qu'en un monde où se passent tant de choses terribles, un chien cruellement maltraité n'a pas grande importance : pour moi, elle en avait.

« Il gisait au milieu des orties, au bord de la route. J'ai cru qu'un automobiliste l'avait écrasé et jeté sur le côté. Je descendis de voiture pour m'assurer qu'il était mort. Il n'était pas seulement mort, il avait été réduit en bouillie, avec un lourd instrument contondant. Il n'avait plus un seul os intact. Quelqu'un avait dû faire pleuvoir des coups, un tourbillon sauvage de coups, sur lui.

« Pour un médecin, je sais que je suis trop sensible. En tout cas, je continuai à conduire à travers le paysage ensoleillé dans un état d'horreur devant la nature et les sources profondes de cruauté de l'homme. Quel déchaînement frénétique avait tué ce pauvre animal ? Or, je n'étais pas à la maison depuis dix minutes que je reçus un autre choc qui, de nouveau, pourra vous sembler dérisoire. Pour moi, ce fut accablant. Un messager hors d'haleine arriva, à bicyclette, du presbytère de

Cross in Slackness. Il était tellement terrorisé que pendant un moment je ne pus comprendre ce qu'il racontait, puis je réalisai que le vieux Rawdon s'était acharné sur sa pauvre femme et avait essayé de la tuer. " La pauvre dame ! haletait le garçon. Il l'a jetée à terre et battue. Venez vite. Nous l'avons attaché dans le hangar et elle est en haut sur le lit, morte de peur — trop traumatisée pour parler. Il délire d'une façon effroyable. Effroyable. Prétend qu'elle a essayé de l'empoisonner... Quel langage !... "

« Je ressortis ma voiture et partis. Je fis mon possible pour rendre un peu de confort à la pauvre vieille dame ; les coups étaient moindres que je ne l'avais craint ; des meurtrissures mais pas de fractures ; elle souffrait surtout de choc et de stupeur ; bientôt arrivèrent deux policiers qui emmenèrent le vieux Rawdon au commissariat d'Holdingham. Je refusai d'aller le voir. Sa femme prononça une ou deux paroles. " Edward ! " marmonna-t-elle et, stupéfaite " Oh ! *Edward !* " Puis, sévèrement, avec une note de terreur : " Oh ! *Edward !* " en poussant un faible cri. Je lui donnai un somnifère, et après avoir organisé une garde près d'elle pour la nuit, je rentrai chez moi.

« Tant que j'ai été activement occupé, j'ai tenu bon , mais dès mon arrivée à la maison, je me suis effondré. Pas moyen de manger. J'ai bu beaucoup de whisky et au lieu de me coucher, je me suis endormi dans un fauteuil au coin du feu. Réveillé dans les griffes de la terreur, je m'aperçus que le feu était presque éteint. Je me suis mis au lit et enfin endormi ; les rêves me poursuivirent et je me levai complètement réveillé. Vêtu d'une vieille robe de chambre, je descendis et rallumai le feu, résolu à rester à tout prix éveillé. Mais je somnolai et me recouchai. Et ainsi, entre le lit et la cheminée, je me traînai toute la nuit. Mes rêves mêlaient la pauvre dame terrifiée, le vieillard presque aussi pitoyable, des idées que le conservateur du musée m'avait suggérées et, planant sur le tout, le crâne paléolithique infernal.

« La menace de ce fils d'Adam primitif me dominait de plus en plus. Je n'arrivais pas à oublier ce regard fixe et aveugle et cette grimace triomphante, que je dorme ou que je veille. Le jour je le voyais tel qu'il était dans le musée, comme une présence vivante qui nous avait posé une énigme et s'amusait à entendre nos tentatives insuffisantes de solution. La nuit, il était libéré de toutes proportions rationnelles : il devenait gigantesque, aussi haut qu'une falaise, c'était une sorte de montagne dans laquelle les orbites et les creux de la mâchoire étaient de vastes cavernes. Il semblait — il est difficile de communiquer ces effets des rêves — s'élever continuellement tout en étant toujours là, dominant tout. Au premier plan, je voyais ses innombrables descendants, grouillant comme des fourmis, des légions d'êtres humains se précipitant ici et là, faisant des gestes impuissants de soumission ou de déférence, résistant à une impulsion irrésistible de se jeter sous son ombre vorace. Bientôt ces légions se rangèrent en lignes et en colonnes, furent revêtues d'uniformes, et commencèrent à marcher et à courir vers les ombres noires qui se trouvaient sous les dents usées et rouillées. De cette obscurité commença ensuite à suinter quelque chose — quelque chose de sinueux et de coulant, qui manifestement avait un goût agréable pour le crâne. Du sang. »

Puis Finchatton dit une chose étrange.

« Des petits enfants tués par les bombardements aériens dans les rues. »

Je ne fis aucun commentaire, mais demeurai paisiblement attentif. C'était un « aparté », comme disent les acteurs. Il reprit son histoire là où il l'avait laissée.

« Le matin, reprit-il après une pause de réflexion, me trouva téléphonant frénétiquement. A grand-peine, et j'en ai peur, au prix de dépenses ruineuses, je réussis à m'assurer un remplaçant et filai à Londres pour voir ce Norbert, me cramponnant des deux mains, pour ainsi dire, à ma raison. Et c'est lui qui m'a envoyé ici... Norbert, vous savez, est un homme très extraordinaire. Il ne ressemblait pas du tout à ce que j'attendais. »

Le docteur Finchatton s'arrêta net. Il me regarda. « C'est tout. »

Je hochai la tête silencieusement.

« Alors, me dit-il, comment expliquez-vous tout cela ?

— Dans un ou deux jours, peut-être commencerai-je à le savoir. Maintenant, j'ignore la réponse. C'est incroyable et pourtant vous m'amèneriez presque à y croire. Je veux dire que, sans penser que cela se soit produit vraiment, je n'irai pas jusque-là — j'imagine que cela vous est arrivé à vous.

— Exactement. Je suis heureux de pouvoir parler à un homme comme vous. C'est ce que Norbert veut que je fasse. Il souhaite que je me familiarise avec ce qui vient de m'arriver, dans l'esprit avec lequel vous l'avez compris, pour pouvoir distinguer entre les réalités de mon expérience, celles de la vie, comme il les nomme, et les peurs, les imaginations et les rêves dans lesquels je les ai envelop-pées. Son idée, c'est que je devrais voir les choses *froidement*, parce qu'après tout... qu'en pensez-vous ? » Il me regar-dait très sérieusement.

« Dans ce que je vous ai raconté, quelle est la part du réel et quelle est celle... comment la qualifierai-je ?... d'une réaction mentale. L'agression du vieux Rawdon sur sa femme : ça c'était réel. Le chien déchiqueté aussi... Le conseil de Norbert, voyez-vous, c'est d'en parler tranquillement avec quel-qu'un de raisonnablement équilibré et qui ne se tourmente pas trop au sujet du passé et de l'avenir, pour voir les faits comme des faits, non comme des terreurs et des horreurs. Il veut me ramener, pour ainsi dire, à ce qu'il nomme un sang-froid raisonné (c'est sa formule) afin d'avoir une maîtrise plus ferme pour... ce que j'aurai à faire ensuite. »

Il avala son vin d'un trait. « Vous êtes très bon de m'avoir écouté », dit-il, puis, comme une ombre tombait sur la terrasse devant nous : « Salut ! »

4

L'intolérable psychiatre

L'ombre du docteur Norbert me fut antipathique avant même de lever les yeux et de le voir. Il était, et voulait être, irrésistible, et bien que je sois indolent, égoïste et peu entreprenant, je peux me montrer aussi entêté qu'un attelage de mules. Je me préparai à contredire tout ce qu'il avait à exprimer avant même qu'il ouvrît la bouche.

Je ne me représentais pas du tout un psychothérapeute comme l'homme qui se trouvait devant moi. Je croyais qu'un psychothérapeute devait avoir le regard calme et une attitude rassurante — une certaine apparence soignée décelant la maîtrise de soi. Il devait avoir l'air frais, en pleine forme, et cet individu était incontestablement cadavérique. Il était grand, large, peu soigné avec des cheveux abondants et indisciplinés et des sourcils épais, et roulait de grands yeux flamboyants lorsqu'il parlait avec volubilité ou les fixait en une pause théâtrale et vous regardait avec colère — ce n'était pas un regard stable, mais furieux qu'il jetait sur vous, appuyé par un immense froncement de sourcils. Ses traits étaient uniformément forts ; il avait la bouche mobile des orateurs et la voix d'une amplitude remarquable. Il portait un col droit démodé, et un nœud papillon noir mal assujetti, très incliné sous une oreille. On eût dit qu'il s'était habillé une fois pour toutes à la mode d'avant la guerre et n'avait jamais changé depuis. Il ressemblait bien plus à un acteur en vacances qu'à un psychothérapeute. Il me faisait penser aux vieilles caricatures de *Punch* du Grand Old Man [1],

1. Surnom de W. E. Gladstone. (*N.d.T.*)

de Henry Irving ou de Thomas Carlyle. Il était difficile d'imaginer personnage moins fait pour interrompre deux Anglais modernes et convenables, assis devant leurs apéritifs, sur la terrasse de l'Hôtel de la source Perona.

Mais il était là, totalement différent de ce que j'aurais pu prévoir, le grand docteur Norbert, qui avait guéri les troubles mentaux du docteur Finchatton, les mains sur les hanches, les yeux baissés sur moi de son air le plus impressionnant. Finchatton me l'avait décrit comme imprévisible, mais la dernière chose à laquelle je m'attendais était qu'il fût si grand, si équivoque et si antique.

« Je vous ai observés de là-haut », dit-il comme s'il était le Dieu tout-puissant. « Je n'ai pas voulu vous interrompre pendant que Finchatton racontait son histoire. Mais je m'aperçois maintenant que vous avez fini et je me précipite sur vous. »

Finchatton me lança un regard qui me suppliait silencieusement de supporter l'attitude extraordinaire de Norbert et de l'écouter.

« Vous avez entendu son récit ? » me demanda Norbert dont l'attitude n'essayait en rien d'atténuer le fait qu'il était psychothérapeute et Finchatton son « malade ». « Il vous a raconté comment l'idée de l'homme des cavernes a germé dans son esprit ? Et la terreur qui plane sur Cainsmarsh ? Bien ! Et l'imprégnation croissante du mal ? Alors, comment avez-vous réagi ? Que dites-vous de cela, vous dont l'esprit est manifestement très normal ? »

Il plongea son large visage, tout interrogation, à quelques centimètres du mien. « Parlez franchement », reprit-il, attendant comme un professeur qui examine un enfant.

« Le docteur Finchatton, dis-je, m'a raconté certaines choses très extraordinaires. Oui. Mais il faudrait que j'y réfléchisse beaucoup avant d'en tirer une conclusion. »

Norbert grimaça comme un professeur en face d'un enfant stupide.

« Mais *moi*, je veux vos réactions maintenant. Avant que vous ne pensiez. »

« C'est possible », me dis-je à moi-même. « Je ne peux pas, répondis-je tout haut.

— Mais il est très important pour le docteur Finchatton que vous me parliez tout de suite. Peu importe pourquoi. »

Tout à coup j'entendis sonner une horloge. « Mon Dieu ! m'écriai-je en me levant et en jetant un billet de dix francs au garçon qui rôdait par là. Je vais faire attendre ma tante pour déjeuner ! C'est *impossible*.

— Mais vous ne *pouvez pas* laisser ainsi cette affaire ! dit Norbert, manifestant une stupéfaction incrédule. Vous ne pouvez pas. C'est votre devoir envers un compagnon malheureux d'entendre son cas jusqu'au bout et d'aider à l'expliquer. Vous *devez* le faire. » Regard furieux. « *Je ne peux* absolument pas vous laisser partir. »

Je me tournai vers le docteur Finchatton. « Si le docteur Finchatton, dis-je,
voulait en parler davantage...

— Naturellement, il le veut. »

Je gardai les yeux sur Finchatton,
qui acquiesça d'un air encore plus sup-
pliant.

« Je reviendrai, dis-je. Demain. A la
même heure. Mais il m'est impossible de
rester maintenant. »

Je descendis la route sinueuse à une
allure qui tenait de la marche et du trot —
réellement inquiet d'être tellement en
retard, parce que, vous savez, ma tante est
vraiment terrible lorsqu'on la fait attendre pour déjeuner. J'étais déjà incertain
au sujet de la promesse que j'avais faite, et
un peu irrité qu'on me l'ait imposée.
C'était comme si j'avais admis un droit
déraisonnable sur moi et m'en étais débar-
rassé en donnant une somme d'argent.

Je tournai la tête et vis les deux hommes
sur la terrasse au-dessus de moi, Norbert
couvrant Finchatton de son ombre.

« Demain ! » criai-je — bien que je pensais être hors de portée de la voix.

Norbert fit un geste large.

Or, je ne voulais pas le moins du monde revoir ce docteur Norbert. J'avais, en fait, conçu pour lui une violente antipathie. Je n'aimais pas son style : « Finchatton-et-vous-êtes-des-lapins-et-maintenant-je-vais-vous-disséquer. » Je n'aimais pas sa grosse voix enveloppante ni la façon dont son front et ses intentions semblaient le surplomber. Et je déteste les gestes anguleux et autoritaires de bras beaucoup trop longs. D'autre part, j'avais une vraie sympathie pour le docteur Finchatton et prenais un intérêt très vif à son histoire. Je trouvais qu'il l'avait racontée d'une manière vivante. Je voudrais pouvoir communiquer sa conviction dans mon récit. A peine l'avais-je quitté que je commençai à penser aux questions que j'aurais pu lui poser et à désirer le revoir. Je considérais Norbert comme un gêneur qui s'était introduit dans une histoire intéres-

97

sante. Je l'écartai de mon esprit et continuai de penser à Finchatton.

Il y avait quelque chose, dans cette histoire d'un marais magique où un homme pouvait entrer, sain et confiant, admirant les papillons et les fleurs, et bientôt repartir en courant dans une frénésie de peur et de rage, qui m'avait saisi très vigoureusement l'imagination. Et la manière dont ce vieux crâne maléfique, ce crâne ancestral, d'abord caché à l'arrière-plan, était lentement devenu visible, comme quelque chose d'éclairé par transparence, représentait une explication qui était en soi une énigme. Et maintenant, peu à peu, ces mâchoires nues étaient revêtues et couvertes, au point de devenir des lèvres spectrales encadrant des dents grimaçantes, et il y avait des yeux agressifs et injectés de sang sous les sourcils proéminents. L'homme des cavernes devenait, de plus en plus clairement, une présence vivante à mesure que le récit imprégnait mon esprit.

C'était finalement un visage, et non un crâne, qui m'observait dans cette histoire de rêve. C'était absurde, mais il semblait vraiment me surveiller. Il le fit toute la soirée et il grimaça la nuit. Il me rendit distrait au point que, l'après-midi, mes coups au croquet furent exceptionnellement imprévoyants et faibles, et le soir j'offensai profondément ma tante en ne jouant plus avec ma forme habituelle. Elle était mon adversaire mais comme elle comptait que je ferais mes combinaisons habituelles, elle fut surprise et déroutée par mon jeu qui troublait le sien si bien qu'elle et son partenaire perdirent lourdement. Mais je prêtai peu d'attention à ses reproches et me déshabillai lentement, l'esprit rempli de ces marais lointains si mystérieusement maudits, et monstrueusement dominés maintenant par ce revenant bestial. Je demeurai assis très longtemps à y réfléchir avant de me coucher.

Le lendemain, j'arrivai assez tard à

l'Hôtel de la source Perona. J'aurais voulu y être de bonne heure, en prenant un tram, mais un *agent* m'expliqua qu'ils ne marchaient pas, à cause d'une grève éclair organisée par les communistes et d'une bagarre au dépôt qui avait fait plusieurs blessés. « Il faut être ferme en ce moment », conclut l'agent. Je dus donc m'y rendre à pied. Et ce fut une malchance, pensai-je, de trouver le docteur Norbert sur la terrasse, étalant ses longues jambes sous une table munie d'un parasol, sans le docteur Finchatton. Norbert me fit signe de me joindre à lui et je m'assis sur une chaise verte, à côté de sa table. Je le fis à contrecœur. Je voulais manifester clairement que c'était pour Finchatton que j'étais venu. Je désirais entendre la suite de l'histoire et non me livrer à des fouilles mentales, à une dissection du jugement, à une invasion sérieuse de mes pensées secrètes par cet individu prétentieux.

« Où est votre ami ? demandai-je.

— Il ne peut pas descendre aujourd'hui. C'est aussi bien.

— Je croyais qu'il avait arrangé...

— *Il* le pensait... or il a été empêché. Mais, comme je vous l'ai dit, c'est aussi bien.

— Je ne comprends pas.

— De *mon* point de vue. Je désire beaucoup avoir une opinion objective et sensée sur cette histoire qui l'obsède. Je le désire autant pour moi que pour lui.

— Mais comment espérez-vous que j'y contribue ?

— Eh bien, pour une raison simple : connaissez-vous une partie du monde nommée Cainsmarsh ? »

Il se retourna pour me regarder comme il aurait pu regarder un animal auquel il venait d'administrer une injection.

« Je croyais que c'était quelque part dans les plaines marécageuses.

— Il n'existe aucun district de ce genre au monde.

— Est-ce un pseudonyme ?

— C'est un mythe. »

Il m'observa pendant quelques minutes, puis décida que, pour le moment, je ne valais pas la peine qu'il me regardât. Il mit ses deux longues mains, paume contre paume, devant lui et parla très lentement en fixant l'horizon marin. « Notre ami, dit-il, *était* médecin près d'Ely. Tout ce qu'il vous a raconté est vrai et tout ce qu'il vous a raconté est un mensonge. Il est troublé, au-delà de toute raison, par certaines choses, et la seule manière par laquelle il peut les exprimer, même à lui, est de le faire sous forme de pure invention.

— Mais certaines de ces choses... ont-elles vraiment eu lieu ?

— Oh ! oui. *Il y a eu* un cas de cruauté flagrante envers un chien. *Il y a eu* un pauvre pasteur ivrogne qui battait sa femme. Des faits de ce genre se passent chaque jour dans le monde entier. Ils sont dans la nature des choses. Si vous ne pouvez pas les accepter, monsieur, *vous ne*

pouvez pas vivre. Et Finchatton est réellement allé au musée Tressider d'Ely, et
Cunningham, le conservateur, a eu l'intui-
tion de deviner son état et de me l'envoyer.
Mais il était déjà perturbé avant son arrivée dans les marais. Il vous a raconté
presque tout — mais comme s'il vous
montrait la réalité à travers un verre de
bouteille déformant. Et la raison pour
laquelle il a fabriqué toute cette histoire... »

Le docteur Norbert se tourna vers moi,
les mains sur les hanches, en me lançant
des regards furieux. Il parlait lentement
comme s'il s'exprimait en lettres majus-
cules. « ... c'est que les réalités qui l'acca-
blent sont si nombreuses et effrayantes
qu'il est forcé de les transformer en conte
de fée où il est question de crânes anciens
et de silence dans des paysages où volent
des papillons, pour leur donner les dimen-
sions d'une hallucination et ainsi les chas-
ser de ses pensées. »

L'expression de son visage me rendit

mal à l'aise. Me retournant, je fis signe au serveur de m'apporter un autre vermouth pour retrouver mon sang-froid. « Et quelles sont ces terribles réalités ?, demandai-je d'un ton désinvolte.

— Ne lisez-vous jamais les journaux quotidiens ?, demanda le docteur Norbert.

— Pas très attentivement. La plupart des articles me semblent ampoulés ou volontairement désagréables. Mais je fais les mots croisés du *Times* presque tous les jours. Et je lis la plupart des informations sur le tennis, le croquet, etc. Ai-je manqué beaucoup de choses ?

— Vous avez manqué celles qui ont rendu Finchatton fou.

— Fou ?

— N'a-t-il pas répété la phrase : panique endémique ? Contagion dans notre atmosphère. Maladie à la base même de nos vies, qui se déclare çà et là et remplit l'esprit des hommes d'une peur irrationnelle, paralysante ?

— Il a, en effet, employé ces expressions.

— Oui, monsieur. C'est ce à quoi je suis confronté ici. C'est ce que je commence moi-même seulement à comprendre. Une nouvelle peste de l'âme. Une détresse spirituelle, tapie depuis longtemps dans divers replis de l'esprit, un désordre endémique qui apparaît soudain et s'étend pour devenir une épidémie mondiale. L'histoire que notre ami a située dans des marais enchantés est en réalité celle de milliers de nos contemporains — et deviendra demain celle de centaines de milliers. Vous êtes intact, jusqu'ici... Peut-être êtes-vous immunisé... Il est très important pour moi, en ce moment, qui étudie ce malaise croissant, de comprendre la réaction d'un esprit sain.

— Je n'ai jamais été un bon terrain pour les idées insolites, dis-je. Et je ne veux pas courir de risques. Ne croyez-vous pas que je vais bientôt, moi aussi, avoir peur du noir la nuit, des grands espaces le jour, et voir des singes et des sauvages ancestraux se dresser sur le monde ? »

Il étendit sa grande main à travers la table et pressa mon bras un instant. « Si cela vous arrive, dit-il en jetant des regards sinistres, soyez courageux. »

Soudain, l'idée me traversa l'esprit que cet homme était réellement aussi fou, ou même plus, que Finchatton. Je le lui demandai sans hésiter.

« Docteur Norbert, êtes-*vous*, par hasard, contaminé ? »

La fureur de son regard s'intensifia. Il leva pour ainsi dire son visage et l'abaissa, comme un marteau, sur le mot :

« Oui. »

Il parlait avec une telle force que mon visage fut humecté de sueur.

« Je fus touché dès le début, dit-il. Je dus me traiter moi-même. Il n'y avait personne pour m'aider. Il me fallut m'observer. J'ai traversé tout cela, monsieur, et j'ai rampé hors du tunnel. Un homme endurci, immunisé. Au prix d'une lutte monstrueuse... »

Et il se lança alors dans la dissertation la plus étonnante que j'aie jamais entendue. Il fit une petite pause avant le discours. Ce qu'il avait à dire ne pouvait l'être sur une chaise longue. Il s'assit bientôt et agrippa son siège des deux mains. Puis il se leva et arpenta, en parlant, la terrasse — pérorant plutôt que parlant. J'ai une mémoire assez fidèle, mais il me serait impossible maintenant de donner un rapport complet de l'étrange tissu d'affirmations et d'arguments qu'il déversa ; je citerai seulement certaines de ses phrases et pensées. L'histoire de Finchatton ressemblait plutôt à un fantasme. La sienne n'avait rien d'un fantasme, elle commençait comme un récit pseudo-scientifique et philosophique, qui, graduellement, devenait une exhortation tonitruante et déconcertante. Il nous fallait saisir la vie — s'y *agripper*. Certaines de ses idées, Finchatton me les avait déjà exposées. Je reconnaissais les phrases, par exemple le devoir de « briser le cadre du présent ».

« Mais qu'est-ce que ça *signifie*?, dis-je avec une certaine irritation.

— Les animaux, répondit-il, vivent entièrement dans le présent. Ils sont encadrés par des choses immédiates. Donc ils sont vraiment naïfs. Israeli, Sands, Murphy, une foule de gens ont travaillé là-dessus. » Il débita une vingtaine de noms, mais ceux-là sont les seuls dont je me souvienne. « Nous autres hommes avons sondé et percé le passé et l'avenir. Nous avons multiplié les souvenirs, les histoires, les traditions et nous nous sommes imprégnés de pressentiments, de projets et de peurs. Aussi notre monde est-il devenu d'une grandeur écrasante, terrifiante épouvantable. Des choses qui semblaient à jamais oubliées sont soudain revenues dans le présent même de notre conscience.

— En d'autres termes, dis-je pour

essayer de le garder attaché aux réalités courantes, nous avons découvert l'homme des cavernes.

— Découvert l'homme des cavernes ! cria-t-il. Nous vivons en sa présence. Il n'est jamais mort. Il est tout sauf mort. Seulement... »

Il s'approcha de moi et me tapa sur l'épaule.

« ... Seulement il a été éloigné de nous et caché. Pendant longtemps. Et maintenant que nous le voyons face à face, sa grimace nous tourne en dérision. L'homme est toujours ce qu'il a été. Invinciblement bestial, envieux, méchant, cupide. L'homme, monsieur, démasqué et désillusionné est le même animal craintif, hargneux, combatif qu'il était il y a cent mille ans. Ce ne sont pas des métaphores, monsieur. Ce que je vous dis est la monstrueuse réalité. La brute attend, rêvant d'un progrès qu'il n'a pas pu accomplir. N'importe quel archéologue vous en dira autant ; l'homme moderne n'a ni un meilleur crâne ni un meilleur cerveau. C'est encore un homme des cavernes, plus ou moins formé. Il n'y a pas eu de véritable changement, de réel salut. Nous découvrons que la civilisation, le progrès, *tout cela*, n'était qu'illusion. Rien n'est assuré, rien. Pendant un temps, l'homme s'est enfermé dans un petit monde bien ordonné de dieux et de providences, de promesses irisées et autres. C'était artificiel, artistique, factice. Nous commençons seulement à comprendre *à quel point*. Maintenant il craque, Mr Frobisher. Il craque autour de nous et nous semblons incapables de l'empêcher. Nous *avons l'air* de le faire... mais il n'y a pas de salut. Non, monsieur. Jusqu'ici la civilisation a été une falsification faible et incompétente. Et maintenant elle est démasquée : le destin a été plus fort qu'elle. Une conception ahurissante, monsieur ! Et lorsque des hommes sensibles, non préparés comme notre pauvre ami Finchatton s'en aperçoivent, ils sont trop faibles pour y faire face.

Ils refusent d'être confrontés à un monde aussi sinistre, aussi vaste que notre univers. Ils se réfugient dans des histoires de hantises et de folie, espérant qu'un exorcisme quelconque, une chose qu'ils croient les guérira... Une telle cure n'existe pas. Il n'y a aucun moyen de déguiser ces faits et de les écarter.

« Aussi, monsieur, il faut les assumer, hurla-t-il. Il faut les assumer. » Il semblait s'adresser non seulement à moi, mais à un vaste public. Ses gestes larges semblaient m'ignorer. « Le temps où l'on pouvait faire porter des œillères aux hommes pour les empêcher de trop voir est passé. Passé pour toujours ! Les religions rassurantes ne peuvent plus exister. Plus d'églises où l'on vous dit : " Allons... allons ! " *Ce genre* de choses est terminé.

— Et alors ? » dis-je très calmement, parce que plus il criait, plus je devenais froidement résistant.

Il s'assit et me saisit de nouveau le bras. Il prit un ton persuasif et confidentiel. Au lieu de brailler, sa voix devint profonde et sourde. « La folie, monsieur, du point de vue mental, est la réaction de la pauvre nature devant un fait accablant. C'est une fuite. Et aujourd'hui, dans le monde entier, *les intellectuels deviennent fous*! Ils s'agitent parce qu'ils comprennent que la lutte contre cet homme des cavernes qui nous domine, qui est en nous, qui est, en vérité, *nous*, va contre notre moi imaginaire. Le monde n'est plus à l'abri de rien. C'était une pure illusion de croire que nous l'avions vaincu. Lui! La brute qui nous poursuit incessamment. »

Par un mouvement qui, je l'espère, parut involontaire, je libérai mon bras de son étreinte. J'avais le sentiment absurde de ressembler à l'invité au mariage saisi par l'Ancien Marin[1]. « Mais alors, dis-je, mettant les mains dans mes poches et me

1. Personnage d'un poème de T. S. Coleridge (1772-1834), condamné, après avoir tué en mer un albatros, à errer à travers le monde pour enseigner l'amour des créatures. (*N.d.T.*)

penchant en arrière pour empêcher toute nouvelle tentative de me toucher, et Finchatton ? Qu'est-ce qui devrait être fait, selon vous ? »

Le docteur Norbert agita les bras et se leva : « Je vous déclare, monsieur, dit-il, en criant comme s'il était à une vingtaine de mètres de distance, que, finalement, il doit regarder les réalités en face, monsieur ! Les assumer. Survivre si l'on peut, et périr si l'on ne peut pas. Faire ce que j'ai fait et adapter notre esprit à une nouvelle échelle. Seuls, des géants sont capables de sauver le monde d'un effondrement total et donc nous — nous que la civilisation intéresse — devons devenir des géants. Il nous faut établir une civilisation plus dure, plus forte, comme de l'acier autour du monde. Il nous faut faire un effort mental tel que les étoiles n'en ont encore jamais vu. Lève-toi, ô esprit humain ! » (C'est ainsi qu'il s'adressa à moi !) « Ou sois pour toujours vaincu. »

J'aurais voulu lui répondre que je préférais être vaincu sans en faire une histoire, mais il ne me laissa aucune occasion de le dire.

Car, vraiment, maintenant, il délirait. Il avait même un peu d'écume sur les lèvres. Il marchait de long en large sans cesser de parler, dans une belle frénésie.

Je suppose qu'à travers les âges des gens convenables comme moi ont dû écouter ce genre de propos, mais il me semblait parfaitement déraisonnable que je dusse le faire sur la terrasse de l'Hôtel de la source Perona, au-dessus des Noupets, par une belle matinée de l'an de grâce mille neuf cent trente-six. Il marchait maintenant à grandes enjambées comme un prophète hébreu. Cette sorte de rhétorique peut sembler normale en tant que faisant partie de l'Histoire, mais dans la vie réelle, elle est bruyante et outrageante. Pour parler simplement, elle manifeste un sacré manque de savoir-vivre. J'ai cessé de noter ou de me rappeler la moitié de ce qu'il a dit.

Il n'y avait rien à répondre. Autant essayer de remonter à la nage les chutes du Niagara.

Il devint de plus en plus clair qu'il m'exhortait. Moi personnellement. Je n'ai jamais subi une telle brimade. Il me conseillait de fortifier mon esprit pour échapper à la Colère future. C'est le terme qu'il employa : « Colère future. » Il me faisait penser à Pierre l'Ermite tonitruant à travers les villes paisibles de la chrétienté, au xie siècle, et provoquant tous les malheurs des croisades. Ou à Savonarole, à John Knox et à tous les personnages perturbateurs qui ont traversé l'Histoire en criant — la laissant à peu près comme ils l'avaient trouvée — en enjoignant aux gens de donner leur vie, de se retirer sous leurs tentes, O Israël, de prendre les armes, de donner l'assaut aux Tuileries, d'anéantir le Palais d'Hiver et des dizaines d'autres faits aussi scandaleux. Et tout cela, dans la vieille petite ville des Noupets, remarquez bien !

Il débita une liste d'atrocités, de meurtres et d'horreurs commis dans le monde entier. *Il y a*, je suppose, une quantité assez inusitée de massacres et de tortures de nos jours. De terribles guerres, des raids aériens et des pogromes nous attendent peut-être. Mais qu'y puis-*je* ? L'intensité de son attitude ne pouvait dissimuler le fait qu'il n'avait aucune certitude, même dans son esprit et qu'au mieux il se battait contre des ombres d'idées. A chaque fois que j'essayais de placer une demande d'explication, il élevait la voix et tonnait « Je vous l'affirme ! ».

Mais c'était précisément ce qu'il ne faisait pas — et apparemment ne pouvait pas faire.

« Dans peu de temps, disait-il, il n'y aura plus de repos, de sécurité, de confort. » (Dieux merci ! il n'a pas dit « qu'il vivait au bord d'un volcan ».) « Le choix pour un homme se limitera à être un animal obéissant aux ordres ou un adepte rigide de cette vraie civilisation, cette civilisation disciplinée, qui n'a encore jamais existé. Victime ou Vigilant. Et cela, mon ami, c'est pour *vous* ! C'est à *vous*, à vous que je le dis ! » conclut-il en pointant un index maigre vers moi.

Comme il n'y avait personne sur la terrasse — le serveur étant rentré dans l'hôtel —, ce doigt menaçant et ce « vous » étaient parfaitement inutiles. C'était simplement hors de proportion...

Cependant... c'est une chose très désagréable à admettre, ces deux hommes m'ont, d'une certaine manière, hypnotisé et communiqué un peu de leur anxiété et de leur hantise. Je m'efforce de les remettre dans une perspective raisonnable en écrivant cette histoire, mais le simple fait de la rédiger me fait comprendre à quel point je ne peux m'en détacher. Je suis aussi incapable de m'en débarrasser en vous la racontant que Finchatton en se confiant à moi. J'ignorais que l'on pût être ainsi hypnotisé par des gens assis et bavardant près de vous. Je croyais qu'il fallait rester assis, immobile et s'abandonner à l'hypnose ou qu'il ne se passait rien. Or maintenant je m'aperçois que je ne dors plus aussi bien, je me surprends à m'inquiéter des affaires du monde, je lis des choses sinistres entre les lignes des journaux et très indistinctement mais parfois très clairement je vois, derrière la façade transparente des choses, le visage de l'homme des cavernes... Comment l'exprimait Finchatton?... « se levant continuellement et dominant tout d'en haut ». Et je dois admettre que je ne suis pas d'humeur aussi égale qu'autrefois dans les conversations. L'autre jour, j'ai même contredit ma tante avec une certaine âpreté, à notre mutuel étonnement. Et j'ai parlé d'un ton cassant à un serveur...

Je ne compris pas la gravité de ceci avant la scène avec Norbert. C'est ce qui me rendit si nerveux et après l'avoir quitté je pris soin de ne plus voir ni Finchatton ni lui. Cependant le mal s'est infiltré en moi et il grandit. Au cours de ces deux courtes matinées, j'ai été contaminé, idiot que je suis de les avoir écoutés ! et maintenant le mal fait son chemin en moi.

Toute cette affaire m'irrite. A quoi sert de mettre un homme en présence de cette horreur de Cainsmarsh sans lui dire exactement que faire ? Certes, je comprends que notre monde s'effondre. Je vois clairement que nous sommes toujours sous l'influence de l'homme des cavernes et qu'il prépare un terrible retour. Je suis surpris de ne l'avoir pas compris auparavant. Déjà je rêve de ce crâne géant et ces rêves sont très désagréables. Mais à quoi bon en parler ? Si je mettais ma tante au courant, elle dirait que j'ai perdu la tête ! Que peut un individu comme moi en face de tout cela ?

L'étudier ? Avoir une nouvelle échelle des valeurs qui élargisse mon esprit ? Le rendre « gigantesque » ? *Quelle* phrase ! Construire une nouvelle civilisation d'acier et de pouvoir pour remplacer celle qui s'effondre ?... Moi ?... Pensez à mon éducation ? Est-ce *en moi* ?

C'est trop attendre des gens de notre milieu.

Je suis prêt à accepter tout ce qui semble prometteur. Je suis de tout cœur pour la paix, l'ordre, la justice sociale, l'entraide et tout cela. Mais s'il faut que je *pense* ! Si je suis obligé de trouver ma vocation !

Ça, c'est trop.

Je m'arrachai, ce matin-là, à l'éloquence envahissante de Norbert avec beaucoup de difficulté. Je me levai. « Il faut que je parte », dis-je. « Je dois jouer au croquet avec ma tante à midi et demi. »

« Mais qu'importe le croquet ? cria-t-il de sa voix intolérable, quand votre univers tombe en ruines autour de vous ? »

Il fit un mouvement, comme pour empêcher mon départ. Il voulait continuer son discours apocalyptique. Mais j'en avais assez de ces histoires catastrophiques.

Le regardant en face, fermement mais

poliment, je lui dis : « Peu m'importe. Il est *possible* que l'univers tombe en ruines et que l'âge de pierre revienne. C'est sans doute, comme vous le dites, le déclin de la civilisation. Je suis désolé, mais ce matin je n'y peux rien. J'ai d'autres rendez-vous. Aussi, quoi qu'il arrive — c'est la loi des Mèdes et des Perses[1] — je vais jouer au croquet avec ma tante à midi trente, aujourd'hui. »

1. Règle inaltérable. Aucune loi des dirigeants Mèdes ou Perses ne pouvait être changée. (*N.d.T.*)

DU MÊME AUTEUR

Impression Bussière à Saint-Amand (Cher),
le 22 janvier 1988.
Dépôt légal : janvier 1988.
Numéro d'imprimeur : 3085.
ISBN 2-07-037909-4./Imprimé en France.